COURS DONNÉ POUR L'EXTENSION DE L'UNIVERSITÉ LIBRE

A ANVERS, BRUXELLES ET COURTRAI

Le Naturalisme

littéraire

PAR

Edmond CATTIER

BRUXELLES

P. WEISSENBRUCH, IMPRIMEUR DU ROI, ÉDITEUR

LE

NATURALISME LITTÉRAIRE

LE

NATURALISME LITTÉRAIRE

COURS DONNÉ POUR L'EXTENSION DE L'UNIVERSITÉ LIBRE

A ANVERS, BRUXELLES ET COURTRAI

PAR

EDMOND CATTIER

Extrait de la REVUE DE BELGIQUE

BRUXELLES
P. WEISSENBRUCH, IMPRIMEUR DU ROI
ÉDITEUR
45, RUE DU POINÇON, 45

1897

LE NATURALISME LITTÉRAIRE (1)

PREMIÈRE LEÇON

Lorsqu'on cherche à apprécier une œuvre d'art ou une œuvre littéraire, on subit inévitablement l'influence du sentiment personnel qui se développe et croît à mesure qu'on s'élève des études les plus abstraites aux plus concrètes, des sujets mathématiques aux sujets émotionnels.

Tout individu normal admet, sans agitation ou sans résistance intime, que le carré de l'hypothénuse est égal à la somme des carrés de l'angle droit ou qu'un nombre est divisible par trois ou neuf lorsque la somme de ses chiffres est divisible par trois ou neuf; que le précipité formé lorsqu'une solution d'azotate d'argent est mêlée à la solution d'un chlorure est du chlorure d'argent; que les volumes d'une masse de gaz dont la température demeure constante sont en raison inverse des pressions. Ce sont des faits d'expérience directe, définitivement acquis, au sujet desquels il ne peut y avoir de contestation, dont la révélation procure peut-être une surprise passagère aux ignorants, mais qui ne froissent pas tout d'abord des croyances préconçues et trop solidement assises pour être ébranlées sans qu'on en éprouve de déplaisir.

Il n'en est plus de même déjà lorsqu'on aborde les théorèmes des sciences qui ne peuvent être étudiées sans le concours d'autres sciences plus simples : telle la physiologie dans

(1) Cours donné pour l'*Extension de l'Université libre* à Anvers, Bruxelles et Courtrai, à la demande des comités locaux.

laquelle il faut appeler à son aide la mécanique, la physique, la chimie. Les observations y sont plus délicates, demandent une attention soutenue; les dernières découvertes y résultent de la rectification de découvertes antérieures qui ont longtemps passé pour définitives, qui continuent même à être défendues avec passion par leurs auteurs. Ne voit-on pas des médecins qui nient les théories microbiennes parce que leur inaptitude à manier le microscope les empêche de les vérifier?

A mesure qu'on passe à des sciences plus complexes, les vérifications deviennent plus difficiles, en même temps que le domaine de l'inconnu et de l'inexploré, celui du convenu, de l'habitude et du préjugé deviennent plus considérables; chacun y pénètre et les parcourt avec une armure particulière d'amour-propre, d'intérêts, de croyances, de parti pris, qui le rend invulnérable au choc de certaines idées, voire de certaines de ces armées entières d'idées organisées en bataille qui sont les théories. De là les querelles interminables et insolubles des diverses écoles de médecine, d'histoire, d'économie politique, de sociologie, de morale, de philosophie. C'est que les belligérants abordent les sciences et les questions par les côtés opposés où les circonstances les ont placés, encore qu'ils imaginent avoir librement choisi leurs positions, c'est qu'ils les aperçoivent sous des aspects différents. C'est qu'un affamé ne peut voir les inégalités sociales comme un repu, pas plus qu'un jeune amoureux ardent ne peut envisager l'amour comme un vieillard glacé, pas plus qu'un croyant et un mystique ne peuvent attribuer aux événements historiques le même sens qu'un sceptique ou un positiviste, pas plus qu'un vieux médecin de campagne, brouillé avec les livres, habitué à faire quinze lieues à cheval par jour et à traiter ses paysans selon les rudes recettes apprises en sa jeunesse, ne peut comprendre la médecine comme un jeune docteur initié dans les laboratoires aux plus récents secrets arrachés au mystère de la vie.

Mais où ces divergences peuvent-elles être plus grandes que dans la critique d'art? Le but principal de l'œuvre d'art n'est-il pas de produire une émotion : plaisir, horreur, gaîté, irritation, pitié, enthousiasme. Or, toute émotion résulte de la personnalité même ; et il n'y a probablement pas, dans toute l'humanité, deux personnalités absolument semblables, identiquement équilibrées, pas plus qu'il ne s'y trouve deux corps humains absolument pareils. La personnalité est comme une argile molle où la race, la descendance, l'hérédité, le tempérament, chaque défaut de l'éducation, chaque événement et chaque expérience de la vie, et de la vie de la race comme de celle de l'individu, ont laissé une empreinte, fait ressortir ou effacé un défaut ; cette argile s'est solidifiée momentanément ; ainsi, la personnalité est formée d'une infinité d'instincts, de tendances préexistantes et acquises, de foi, d'habitudes multiples : les sensations nouvelles tombant dans ce chaos produisent des émotions ; mais combien variables avec les individus !

Il peut y avoir, sans doute, dans des groupes d'individus, certaines directions communes dans l'élaboration des émotions ; il y en a aussi de tout opposées ; mais il y a encore, chez chacun de ces individus, comme des chemins de traverse, des sentiers par lesquels le travail se fait pour aller produire des résultats imprévus en des points également imprévus. L'œuvre d'art, souvent si complexe, livre, drame, symphonie, tableau, doit produire dans la variété des personnalités une aussi grande variété d'émotions.

Mais dans la lutte entre la raison et les émotions, il est rare que la raison n'ait pas le dessous : elle est l'esclave des émotions, d'origine beaucoup plus ancienne que la sienne. Elle a pour rôle ordinaire d'habiller d'un vêtement plus ou moins décent l'émotion qui la commande. L'émotion engendrée, assez peu apte à se traduire autrement que par des cris inarticulés, des gestes, des grimaces ou des actes brutaux : coups, caresses, réactions brutales de l'organisme, appelle la raison à son aide pour se dissimuler sous des aspects décoratifs, une parure de mots et de phrases qui l'enveloppe et la déguise plus ou moins bien. S'il n'y avait que le vêtement, on aurait vite fait de découvrir celui qui vaut le mieux. Mais regardez dessous la forte membrure des passions qui combattent. De là l'ardente logomachie des discussions esthétiques, d'autant plus vive que les combattants n'ont presque toujours qu'une suprême et injustifiable raison, qu'ils ne veulent pas donner, qu'ils ignorent parfois tout en s'en faisant accroire : *J'aime cela*, ou bien : *Je n'aime pas cela;* qu'ils ne savent pas pourquoi ils aiment ou n'aiment pas et que ce sentiment intense, originaire des profondeurs confuses de leur être, leur apparait cependant comme la vérité absolue.

C'est ce qu'il ne faut point perdre de vue lorsqu'on aborde l'étude d'une école littéraire, surtout lorsque le titre même de cette école a été autant détourné de sa signification, aussi faussement appliqué, aussi mal compris, autant diffamé, pourrait-on dire, que le Naturalisme.

Quelle que soit la variété des sentiments et des goûts individuels, on voit s'organiser, disions-nous, aux différentes époques, chez les différentes races, des goûts communs, plus ou moins durables, plus ou moins généraux ; ils s'expriment par la mode.

La mode exerce un empire beaucoup plus étendu qu'on ne l'imagine d'ordinaire : elle ne détermine pas seulement la coupe des vêtements (¹); elle arrête le type même de la beauté humaine. (Voyez, par exemple, le contraste entre l'homme sanguin, robuste et gaillard, le beau cuirassier de l'Empire, et l'Antony pâle, poitrinaire et passionné de l'époque romantique; entre la femme imposante et noble du siècle de Louis XIV et la beauté piquante, vive, artificielle des soupers de Louis XV.) Elle régit tout ce qui entoure l'homme, tous les actes de sa vie : mobilier, architecture et disposition des maisons, heures des repas, règlement des cérémonies et des usages mondains; les mœurs, la politique, les pratiques médicales mêmes et souvent la loi. Et c'est par elle, par cette *manière* dominante d'une époque et d'un territoire, que se manifeste l'existence de ces goûts communs qui, en naissant et déclinant, entraînent la vogue et le déclin des artistes et des écoles d'art,

(¹) Voir « La Mode et les mœurs », par EDMOND CATTIER, *Revue de Belgique* du 15 janvier 1893.

des écrivains et des écoles littéraires, des livres et des pièces, les font tomber dans l'oubli ou le ridicule.

Le mécanisme de la mode, en matière d'art et de littérature comme en toute autre matière, est celui de l'éternelle sélection. Une multitude d'idées, de germes d'art, naissent perpétuellement; pour se développer, ils doivent rencontrer des conditions d'existence appropriées. Taine les compare [1] à toute sorte de graines qui seraient apportées par le vent sur un terrain quelconque; certaines y trouvent la quantité de chaleur, de lumière, d'humidité, qui leur convient e donnent de belles plantes; d'autres végètent; d'autres encore avortent. La température physique fait une sorte de choix entre elles. Le terrain est également donné pour les germes d'œuvres d'art; c'est le tourbillon de la vie telle qu'elle est à l'époque où naissent les artistes; il y a une « température morale » qui fait un choix entre les différentes espèces de talent, permet à certains de bourgeonner et de fleurir, tue les autres.

Il serait peut-être plus rigoureusement exact de comparer le terrain moral à une forêt où les graines sont elles-mêmes un produit des arbres qui poussent sur le sol et engendrent des formes nouvelles par les procédés lents de la lutte pour l'existence. Le fond de la théorie n'en reste pas moins exact. C'est la vie d'une époque qui forme ses artistes et ses écoles.

Conséquence : la similitude des œuvres d'un même homme et des styles d'un même groupe d'artistes (les grands dramaturges anglais du cycle de Shakspere [2], Webster, Ford, Massinger, Marlowe, Ben Jonson, Flechter et Beaumont, ou les grands peintres du cycle de Rubens : Craeyer, Van Noort, Zegher, Rombouts, Abraham Janssens, Van Roose, Van Oost, Jordaens, Van Dyck); telle la similitude des plantes d'une même espèce dans une même région.

Pour comprendre la plante, il faut connaître le terrain auquel elle a emprunté ses éléments, les conditions d'existence auxquelles elle doit sa forme et ses particularités. Pour

(1) *Philosophie de l'art*, t. I, p. 57.
(2) Orthographe de M. Fréd.-J. Furnivall.

comprendre l'œuvre d'art, il faut observer le terrain moral qui l'a engendrée, l'état général des esprits au sein duquel elle s'est formée, qu'elle reflète, dont elle fait partie, auquel elle répond et satisfait. L'expérience montre, du reste, que les écoles d'art apparaissent et disparaissent avec ces états des mœurs et des esprits, avec les situations politiques et sociales. Je renvoie aux exemples classiques de Taine, dans la *Philosophie de l'art*. Ils établissent en détail comment le climat, la vie des hommes libres, l'état de guerre perpétuel, la religion, le culte de la force nécessaire et de la beauté concoururent, dans la Grèce antique, à l'élaboration d'une sculpture idéale; comment le besoin de repos et de bien-être matériel se traduisit, après les épreuves que la Flandre avait traversées au XVIe siècle, dans la puissante matérialité de la peinture flamande; comment la centralisation monarchique et la courtisanerie professionnelle trouvèrent leur expression parfaite dans la littérature classique française au XVIIe siècle.

Je renvoie aussi aux profondes études de Viollet-Leduc [1] qui font ressortir, avec une science si abondante, comment les architectures passées se rattachent à l'état des mœurs, des industries, des croyances, des besoins matériels.

Le temple grec fut la transformation d'un monument primitif en bois : il fut petit parce que les prêtres seuls y entraient; ses portiques étaient composés de colonnes et de plates-bandes parce que la voûte était inconnue de ses architectes; ses formes, ses éléments de décoration doivent être mis en valeur par le soleil, etc. L'église du moyen âge, au contraire, sous des cieux plus rudes, devait abriter les multitudes en prière; les architectes durent trouver le moyen de couvrir un vaste vaisseau avec des points d'appui aussi réduits que possible; de là la sveltesse de ses formes. Le mauvais état des chemins et les difficultés des transports les forcèrent à employer des matériaux légers, de petit volume; la foi en fit, malgré les difficultés, les monuments les plus importants de l'époque; leurs formes élancées, les détails pittoresques de

[1] *Dictionnaire de l'architecture française*, *Entretiens sur l'architecture*, etc.

leur toiture, de leurs arcs-boutants sont dictés par les lois de la stabilité ou par la nécessité de défendre les maçonneries contre l'infiltration des eaux du ciel; la fantaisie apparente des rosaces et des ornements a un fond de géométrie savante et raisonnable, et ainsi de suite ([1]).

Maintenant, si l'œuvre d'art est un produit naturel des circonstances sociales, politiques, morales, il est visible que les écoles ne peuvent avoir qu'une existence passagère comme les états sociaux, politiques, moraux dont elles expriment les goûts et les aspirations. Elles sont comme tous les organismes qui naissent, se développent, se soutiennent pendant un certain temps, puis disparaissent fatalement un jour. Mais, comme tous les organismes, elles luttent pour obtenir des avantages sur les autres organismes de même espèce d'abord, ensuite pour conserver le plus longtemps possible leurs avantages acquis. « Toute école, dit Zola, a la prétention d'avoir fixé à jamais l'art de sa nation... Tout ce qui est venu avant elle ne vaut pas grand'chose, tout ce qui viendra après doit lui ressembler ([2]). » Les classiques méprisaient tout ce qui avait précédé Malherbe; les romantiques ont traité Racine de polisson; il faut voir comme dans les ouvrages critiques du maître de Médan (*Documents littéraires*, *Roman expérimental*, *Nos auteurs dramatiques*, *Mes haines*), les romantiques sont abîmés à leur tour; aujourd'hui, cependant, voilà les symbolistes qui traitent le mouvement naturaliste avec le plus profond mépris. Il n'y a là qu'une loi naturelle; de même qu'une génération nouvelle pousse toujours la génération précédente dans la retraite et dans l'oubli, toute école qui veut percer est l'ennemie-née de l'école en vogue à laquelle elle doit succéder et qui lui résiste, comme elle-même, sa situation faite, résistera fatalement à l'école prochaine qui la remplacera à son tour. Les mêmes phases de la lutte se reproduisent éter-

([1]) Voir l'ouvrage de vulgarisation : *Les idées d'un bourgeois sur l'architecture*, par Edmond Cattier. Bruxelles, Lebègue.

([2]) *Documents littéraires*, p. 54.

nellement ; la fin de cette lutte serait la fin de l'art, l'avènement de la formule et du pastiche. Point de loi plus évidente : point de constatation, pourtant, qui s'oublie plus aisément.

La lutte est fatalement la plus vive entre les écoles qui se succèdent immédiatement, parce qu'à un moment donné, elles doivent se disputer la même place au soleil. Aussi voit-on celle qui avait la vogue la plus récente tomber dans un discrédit bien plus profond que les autres, plus anciennes, qui, peu à peu, entrent dans la sérénité du passé et la respectabilité de la mort. Théophile Gautier le remarquait, sans trop raisonner, dans la préface des *Grotesques* : « ...Si rien n'est plus « beau que l'antique, rien n'est plus laid que le suranné : c'est « une vérité dont on peut se convaincre en regardant les « gravures de modes d'il y a dix ans ; le ridicule de ces accou« trements qui nous saute tout de suite aux yeux n'était alors « senti par personne, et les gens qui les portaient se trou« vaient, en conscience, les plus élégants du monde. »

Rappelez-vous, à ce sujet, l'impression produite sur la foule, il y a onze ans, par le cortège historique des moyens de transport qui circula, en 1885, dans les rues de Bruxelles : elle admira, avec impartialité, les Gaulois couverts de peaux de bête, les chevaliers et les dames du moyen âge, les seigneurs de la Renaissance : cuirasses, justaucorps, pourpoints, hauts-de-chausses, hennins, trousses, toques à créneaux, manches tailladées, culottes, habits, tricornes, lui parurent dignes d'admiration ; mais quand elle vit, dans les dernières diligences et les premiers wagons de chemins de fer, les hommes et les femmes de 1830, les culottes de nankin, les cravates de mousseline, les habits bleus et cannelle, les châles à ramages, les robes à fleurs, les manches à gigot et les chapeaux à bavolets la secouèrent d'un rire énorme ; ces derniers accoutrements rentraient pour elle dans la caricature ; ils éveillaient en elle l'idée de trop de vieilles gens dont les ridicules l'avaient autrefois amusée. Ils étaient démodés, sans être devenus anciens.

Il en est de même en littérature : « Des écrivains obtiennent « des vogues temporaires qu'on ne s'explique pas, et la réac-

« tion qui se fait contre eux est ordinairement injuste. » Gautier conclut : « Le génie seul est éternel, le talent est temporaire. » Explication superficielle. Le génie a sa période limitée de fécondité ; ses œuvres demeurent éternellement belles, soit, mais elles n'ont pu prendre naissance qu'à une époque et dans un milieu donnés ; c'est parce qu'elles expriment supérieurement la vie de cette époque et de ce milieu qu'elles restent admirables ; une fois cette époque passée et ce milieu disparu, elles ne peuvent plus être engendrées si elles ne l'ont pas été à leur heure. C'est encore une loi générale. Un chef normand, brutal, féroce et hardi, nous paraît beau grâce à la perspective des siècles, parce que nous le transportons dans son milieu ; que l'individu qui fut ce chef vienne à vivre aujourd'hui, il ne trouvera pas à s'employer dans les cadres de la vie moderne s'il ne s'est pas adapté à ses exigences ; il sera un déclassé, un bandit, un monstre, et finira dans un bagne ou sur l'échafaud.

Remarquez que l'âpreté des querelles esthétiques est le grand ressort de l'évolution artistique. Il est peut-être nécessaire à l'artiste d'être convaincu que ses œuvres sont non seulement autres, mais plus belles que celles de ses prédécesseurs. C'est la source de sa confiance en lui-même et de sa force. C'est pourquoi la critique, même lorsqu'elle a la violence et la partialité de l'apostolat, peut être utile. Ce prosélytisme qui établit un gabarit rigide du beau sous lequel il entend faire passer toutes les œuvres nouvelles, qui ne fait valoir que les qualités de l'école honorée de sa faveur et n'aperçoit que les défauts des autres, a son rôle s'il est sincère : il attire et exalte les uns, réprouve et effraye les autres, a exercé de tout temps son influence sur l'apparition des nouvelles formes d'art. Sa faiblesse est de disparaître et de se démoder avec les formes d'art dans lesquelles elle a mis exclusivement sa foi, d'avoir son sort lié à leur splendeur et à leur décadence, d'exciter l'enthousiasme ou l'antipathie en raison du crédit ou du discrédit qu'elles rencontrent elles-mêmes.

Mais la critique peut revêtir une tendance plus haute et acquérir une autorité plus durable. C'est lorsque, abandonnant les pratiques de l'apostolat, elle cherche à être scientifique, à n'exprimer que la vérité. Elle est plus difficile à exercer ainsi et peut encore verser dans l'erreur malgré elle : mais ses intentions rendent alors ses erreurs plus excusables.

Il ne s'agit plus de juger avec ses préférences et ses goûts seuls ; le respect de la justice devient la préoccupation dominante de celui qui juge. Le critique alors doit comprendre « que son goût personnel n'a pas de valeur ; qu'il doit faire « abstraction de son tempérament, de ses inclinations, de son « parti, de ses intérêts ; qu'avant tout son talent est la « sympathie [1] ; que sa première opération consiste à « se mettre à la place des hommes que l'on veut juger, à « entrer dans leurs instincts et leurs habitudes, à épouser « leurs sentiments, à repenser leurs pensées, à se représenter « leurs milieux. Le critique doit ajouter à son âme naturelle « et nationale plusieurs âmes artificielles acquises... Sa sympathie doit s'introduire dans des sentiments éteints ou « étrangers... Il doit faire la part du milieu où il vit, démêler « les objets même à travers les apparences passagères dont « notre caractère et notre siècle les revêtent. »

Taine, qui a formulé la théorie, rend les erreurs de la critique et la méthode par laquelle il faut y remédier plus sensibles par une de ses ingénieuses comparaisons : « Chacun les « regarde (ces objets) avec des lunettes de portée et de couleur « diverses, et nul ne peut atteindre la vérité qu'en tenant « compte de la forme et de la teinte que la structure de ses « verres impose aux objets qu'il aperçoit. Jusqu'ici, nous nous « sommes disputés et battus, l'un disant que les choses sont « vertes, d'autres qu'elles sont jaunes, d'autres, enfin, qu'elles « sont rouges, chacun accusant son voisin de mal voir et « d'être de mauvaise foi. Voici enfin que nous apprenons « l'optique morale ; nous découvrons que la couleur n'est point « dans les objets, mais en nous-mêmes ; nous pardonnons à « nos voisins de voir autrement que nous, nous reconnaissons « qu'ils doivent voir rouge ce qui nous paraît bleu, vert ce qui « nous paraît jaune. »

[1] TAINE, *Philosophie de l'art*, vol. II, p. 271.

Il ne s'effraye pas, du reste, de cette multiplicité des lunettes : « Toutes ces lunettes sont bonnes, car elles nous montrent « toutes quelque aspect nouveau des choses. Le point im- « portant, c'est d'en avoir non pas une, mais plusieurs, « d'employer chacune d'elles au moment convenable, de faire « abstraction de la couleur qui lui est particulière, de savoir « que, derrière les milliers de teintes mouvantes et poétiques, « l'optique ne constate que des changements régis par une « loi. »

Ainsi, la méthode moderne, scientifique, se dégage : elle considère œuvre d'art comme un fait, un produit dont il faut marquer les caractères et chercher les causes; elle ne proscrit ni ne pardonne : elle constate et explique; elle ne méprise aucune forme. « Elle laisse (¹) à chacun la liberté de suivre ses « prédilections particulières, de préférer ce qui est conforme « à son tempérament et d'étudier avec un soin plus attentif ce « qui correspond le mieux à son propre esprit. Quant à elle, « elle a des sympathies pour toutes les formes de l'art et pour « toutes les écoles, même pour celles qui semblent le plus « opposées; elle les accepte comme autant de manifestations « de l'esprit humain; elle juge que, plus elles sont nombreuses « et contraires, plus elles montrent l'esprit humain par des « faces nouvelles et nombreuses; elle fait comme la botanique « qui étudie avec un égal intérêt tantôt l'oranger et le laurier, « tantôt le sapin et le bouleau; elle est elle-même une sorte « de botanique appliquée non aux plantes, mais aux œuvres « humaines. A ce titre, elle suit le mouvement général qui « rapproche aujourd'hui les sciences morales des sciences « naturelles et qui, donnant aux premières les principes, les « précautions, les directions des secondes, leur communique « la même solidité et leur assure le même progrès. »

Il était nécessaire de rappeler la méthode avant de chercher à l'appliquer à l'analyse du Naturalisme littéraire et à mon-

(¹) TAINE, *Philosophie de l'art*, vol. I, p. 14 et 15.

trer comment il a exprimé l'esprit de notre époque. Quand je dis le Naturalisme, il faut définir le terme. Faire l'histoire du Naturalisme, ce serait faire l'histoire de la grande tendance qui, opposée à l'Idéalisme, s'est manifestée à travers toutes les littératures depuis leurs origines. Je limiterai le sujet. Je ne veux parler que de l'école française à laquelle on a donné la désignation de naturaliste et qui, dérivant surtout de Diderot, a réuni les noms de Balzac, Stendhal, Mérimée, Flaubert, de Goncourt, Alphonse Daudet, Zola, Maupassant, Céard, Huysmans, Hennique, Paul Alexis, Bourget, Richepin, Georges Ancey, et chez nous Georges Eekhoud.

Je prends les personnalités principales. J'en passe. J'en cite aussi qui ont répudié l'étiquette naturaliste : il ne suffit pas à un écrivain de déclarer qu'il n'est pas ou qu'il n'est plus d'une école pour qu'il y soit vraiment étranger ; ses tendances l'y enrôlent malgré lui ; certains de ses ouvrages montrent qu'il y a communié avant sa conversion. Une classification littéraire ne peut d'ailleurs avoir rien d'absolu. Un écrivain naturaliste peut se mettre au vert dans les prairies de l'Idéalisme ou s'abstraire du monde sur les rochers romantiques ; et un écrivain idéaliste peut introduire une dose assez forte de Naturalisme dans ses ouvrages. Erckmann et Chatrian ont été, si l'on veut, des naturalistes par leur souci de la description détaillée et de la couleur locale ; ainsi, dans l'*Ami Frits*, par les notes gastronomiques, la peinture des petites satisfactions de la vie gourmande : mais les personnages du livre ont l'air, malgré leur appétit, de sortir d'une idylle de Florian ; ce sont de charmantes abstractions qui, pas plus en Alsace qu'ailleurs, ne se rencontrent dans la vie vraie. Alexandre Dumas fils peut paraître naturaliste par certaines brutalités d'expressions, certains détails d'observation hardis, le caractère même de quelques-uns de ses personnages (*Monsieur Alphonse*). Mais ses pièces ont une construction trop algébrique ; ce sont des théorèmes au dénouement desquels on a envie d'ajouter le *quod erat demonstrandum* des mathématiciens ; la plupart de ses personnages agissent d'une manière factice, en vue d'un arrangement qui lui plaît ; et la *Dame aux Camélias*, malgré ses crachements de sang, est bien moins naturaliste que *Manon Lescaut*.

Des auteurs fort redoutés du chaste lecteur n'ont rien de naturaliste, malgré l'opinion courante, parce que l'ordure recherchée est aussi artificielle et aussi idéaliste, en somme, que la spiritualité recherchée. Certains symboles obscènes dont les religions asiatiques garnissaient leurs temples sont des produits de l'imagination tout comme les petits anges formés d'une tête frisée et de deux ailes.

DEUXIÈME LEÇON

Il suffit de lire une œuvre typique de chacune des trois dernières grandes époques de la littérature française, une tragédie de Racine, un drame de Hugo, un roman de Balzac, pour être frappé de leurs caractères distinctifs.

Dans la tragédie, point de circonstances spéciales de temps et de lieu, un minimum de détails marquant l'individualité des personnages. La scène est un portique ou un palais quelconques dont l'auteur n'a jamais eu l'idée de reconstituer l'architecture d'après les documents historiques. La disposition, le style en sont tout conventionnels. La terrible règle de l'unité de lieu exige que l'action se passe dans un endroit vague, synthétique, où les événements variés puissent se rassembler sans trop d'invraisemblance. L'époque, la saison ne sont pas plus déterminées : la règle de l'unité de temps, exigeant qu'entre l'exposition et le dénouement il ne s'écoule pas plus de vingt-quatre heures, nécessite l'emploi d'artifices incompatibles avec la désignation trop formelle des moments.

Les personnages sont-ils bien des êtres vivants? Disent-ils jamais comment ils vivent, quels sont leurs mœurs, leurs usages, leurs habitudes, leurs goûts, leurs fonctions spéciales? Laissent-ils jamais percer les traits que la race, le climat, le degré de civilisation ont pu mettre en eux? Héros grecs, empereurs romains, despotes orientaux, juifs ou barbares, ils ont tous les mêmes mœurs abstraites, le même degré d'éducation, le même culte de la bienséance; ils évitent avec le même soin de faire allusion aux particularités de leur vie, aux besoins de leur corps : ils sont des aspects divers d'un même individu théorique en proie à des émotions supposées.

Leur langage n'est pas plus caractérisé que leur individualité ; ils sont tous également soumis à la tyrannie du bien-dire, adonnés au soin d'exprimer leurs passions en termes généraux et châtiés, en périphrases arrondies, décentes et harmonieuses. Ils s'appellent entre eux Seigneur et Madame, si peu usités qu'aient été de pareils termes aux temps et parmi les peuples où ils ont vécu. Ceux-là même que les recherches de l'histoire nous montrent comme des despotes féroces ou des brutes grossières, évitent avec soin l'emploi de tout mot énergique, expressif, pittoresque, qui peindrait trop directement des mouvements d'âme, des événements et des objets déplaisants ; les précautions du *langage parlementaire* ne sont rien au prix de celles dont ils font usage dans les accès les plus intenses de leurs passions ; leurs descriptions sont gazées, enveloppées, comme si l'esprit n'en pouvait supporter le spectacle ; admirez la circonspection avec laquelle le bon Théramène présente son fameux monstre et raconte la mort d'Hippolyte, et l'entassement d'adjectifs derrière lequel Athalie, racontant son mémorable songe, laisse entrevoir les chiens qui rongent les os de Jésabel.

Jamais de meurtres, de violences, d'agonies, de râles sur la scène ; les horreurs sont reléguées à la cantonade et les spectateurs ne peuvent les reconstituer, s'ils en ont envie, que d'après de timides allusions.

Le costume des personnages n'était pas plus arrêté à l'époque classique que les décors ; de menus accessoires — un turban, une cuirasse, un sceptre, un casque — semblaient désigner suffisamment les héros de tous les âges et de tous les pays qui portaient, d'ailleurs, des habits à la française, des chapeaux à plumes, des jabots et des canons comme à la cour ; Talma fit scandale, bien longtemps après l'époque qui avait vu fleurir la tragédie, lorsqu'il osa représenter Néron les bras nus et sans culotte. C'est un contre-sens de jouer les œuvres tragiques, comme on le fait aujourd'hui, avec des costumes conformes à la vérité historique ; donner des costumes *du temps* à des personnages qui n'ont rien des caractères, ni des mœurs, ni du langage, ni de l'esprit de ce temps, met entre leurs apparences extérieures et leur manière d'être l'incompatibilité la plus choquante.

C'est que les personnages tragiques ne sont pas des individus spéciaux : ils sont tous les manifestations d'un individu général imaginaire, dont les actions et le langage résultent du fonctionnement d'un cœur humain soumis à des lois uniformes. D'hommes et de femmes, on n'en voit point là à proprement parler; on n'y rencontre guère que des passions se balançant, se contrariant, s'entr'aidant les unes les autres comme les forces en présence dans un problème de mécanique. Un professeur de littérature remarque qu'on en rencontre le plus souvent, dans Corneille, une noble et une vulgaire, dont la lutte fait l'intérêt de la pièce :

Le dévouement (noble) et l'amour (vulgaire), dans le *Cid;*

Le patriotisme et l'amour, dans *Horace;*

La vengeance et la clémence, dans *Cinna.*

Parfois, elles sont semblables, et il s'agit d'en trouver la résultante; dans Racine, c'est l'amour qui est la grande affaire. On peut énoncer ainsi l'exposé d'*Andromaque* : Étant donnés Oreste qui aime Hermione, Hermione qui aime Pyrrhus, Pyrrhus qui aime Andromaque, Andomaque qui aime son petit Astyanax, qui peut le sauver en cédant à l'amour de Pyrrhus, mais qui veut rester fidèle à la mémoire de son mari Hector, que va-t-il arriver?

Ajoutez à toutes ces entraves la règle de la dignité tragique, qui exclut strictement le comique, si souvent mêlé pourtant aux plus douloureux et aux plus terribles événements; réduisez encore à la plus simple expression l'influence que le hasard, les circonstances, le cours des choses exercent sur les actions, les décisions humaines.

Et pour avoir un exemple du résultat, comparez l'Esther de Racine, douce, pieuse, timide, son Assuérus, magnanime malgré ses emportements, et l'« espèce de Bossuet » qu'il a fait de Mardochée à leurs prototypes de la Bible. Rappelez-vous le véritable Assuérus, le despote sensuel et féroce qui, plongé dans l'ivresse, à la fin d'un festin, fait étrangler sa favorite Vashti parce qu'elle ne veut pas se montrer nue à ses convives, auxquels il a la fantaisie de faire admirer sa beauté ; puis la grande razzia de donzelles opérée pour lui trouver une remplaçante et à la suite de laquelle la belle Esther, qu'on a bien fait macérer dans les parfums, acquiert, après une préalable mise à l'essai, les bonnes grâces du maître ; comment alors l'intrigante, conseillée par le rusé et fanatique Mardochée, fait exterminer les ennemis de ses compatriotes.

A tout ce monde antique, violent, voluptueux, vindicatif, sanguinaire, typique surtout, qui fait entrevoir brusquement le court, naïf et vivant récit de la Bible, comparez le beau monde policé, éduqué, délicat et artificiel imaginé par le poète français ; et vous comprendrez à quelle distance la tragédie nous emporte de la réalité.

Ruy Blas, fermez la porte, — ouvrez cette fenêtre.
Ils dorment encor tous, ici, — le jour va naître...

C'est le drame romantique qui commence. Jugez si le ton du vers a changé ! Vous venez de lire deux mille vers nobles et mythologiques, tous en galante tenue, défilant comme des courtisans qui s'observent devant le roi, dont pas un ne se permet un geste vulgaire, un mot familier. Brusquement, vous apparaissent les petites phrases hachées d'un grincheux personnage donnant à son domestique des ordres d'une absolue banalité et vous avertissent que des gens, qu'il désigne dédaigneusement par la troisième personne du pronom, dorment encore et qu'il va faire jour ; et ce, sans aucune allusion à Morphée et ses pavots, aux Heures, à l'Aurore aux doigts de rose, au char du Soleil. Ne sentez-vous pas, tout de suite, qu'une révolution, un bouleversement général des esprits a permis à ceci de se substituer à cela ?

Avant même que don Salluste ait ouvert la bouche, son costume et le décor ne vous ont-ils pas prévenu ?

Avec quelle précision est décrit ce décor dans la brochure :
« Le salon de Danaé, dans le palais du roi, à Madrid. Ameu-
« blement magnifique dans le goût demi-flamand du temps de
« Philippe IV. A gauche, une grande fenêtre à châssis dorés

« et à petits carreaux. Des deux côtés, sur un pan coupé, une
« porte basse donnant dans quelque appartement intérieur.
« Au fond, une grande cloison vitrée, à châssis dorés, s'ou-
« vrant par une large porte, également vitrée, sur une longue
« galerie. Cette galerie, qui traverse tout le théâtre, est mas-
« quée par d'immenses rideaux qui tombent du haut en bas
« de la cloison vitrée. Une table, un fauteuil, ce qu'il faut pour
« écrire.

« Don Salluste entre par la petite porte de gauche, suivi de
« Ruy Blas et de Gudiel, qui porte une cassette et divers
« paquets qu'on dirait disposés pour un voyage. Don Salluste
« est vêtu de velours noir, costume de cour du temps de
« Charles II. La toison d'or au cou. Par-dessus l'habillement
« noir, un riche manteau de velours vert clair, brodé d'or et
« doublé de satin noir. Épée à grande coquille. Chapeau à
« plumes blanches. Gudiel est en noir, épée au côté. Ruy
« Blas est en livrée. Haut-de-chausses et juste-au-corps bruns.
« Surtout galonné, rouge et or. Tête nue. Sans épée. »

C'est un tableau! On sent que l'auteur a pris un plaisir particulier à le composer et à le décrire, à en grouper les éléments et à en assortir ou faire contraster les couleurs. Il en sera de même aux actes suivants, pour lesquels il y a quatre décors différents : c'est un salon contigu à la chambre à coucher de la reine, avec pans coupés, grande fenêtre ouverte sur la campagne, figure de sainte richement enchâssée adossée au mur, madone devant laquelle brûle une lampe d'or, groupement étudié de la reine et de ses femmes commandées par la comique et solennelle *camerera mayor ;* c'est la *Salle du gouvernement* dans le palais du roi, avec la mise en scène de son conseil de ministres; c'est la fameuse petite maison de don Salluste, savamment machinée, avec ses armoires à surprise, avec sa cheminée qui servira de porte d'entrée à don César. La couleur locale sera encore renforcée par des alguazils, un cortège de seigneurs et de dames, des pages, une duègne, des muets, tous dans les costumes exacts de leur emploi, les costumes de l'Espagne à l'époque où sont censés se passer les événements, en 1695. Le pittoresque n'est pas seulement pour les yeux, il déborde dans les vers; Victor Hugo est tellement amusé de la défroque et de la silhouette qu'il a imaginées pour don César, qu'il les décrit avec une joie visible :

> Quel est donc ce brigand, qui, là-bas, nez au vent
> Se carre, l'œil au guet et la hanche en avant,
> Plus délabré que Job et plus fier que Bragance,
> Drapant sa gueuserie avec son arrogance,
> Et qui, froissant du poing, sous sa manche en haillons,
> L'épée à lourd pommeau qui lui bat les talons,
> Promène, d'une mine austère et magistrale,
> Sa cape en dents de scie et ses bas en spirale?

Quelle couleur! Et combien d'autres types sont croqués avec la même verve : Don Guritan, « le vieux comte amoureux perché sur une patte », comme un héron au bord de l'eau, qui attend :

> Un bonjour, un bonsoir, souvent un mot bien sec
> Et s'en va tout joyeux, cette pâture au bec :

L'ami de César :

> ... un gros diable au nez rouge,
> Coiffé jusqu'aux sourcils d'un vieux feutre fumé,
> Où pend tragiquement un plumeau consterné,
> La rapière à l'échine et la loque à l'épaule.

La Lucinda :

> Un peu courte, un peu rousse, une femme charmante...
> Lucinda, qui jadis blonde à l'œil indigo,
> Chez le pape le soir dansait le fandango.

Le comique se mêle intimement au pittoresque : partout il fait repoussoir au drame; on éclate de rire lorsque César raconte son voyage forcé :

> D'abord ces alguazils qui m'ont pris dans leurs serres;
> Puis, cet embarquement absurde; ces corsaires;
> Et cette grosse ville où l'on m'a tant battu;
> Et les tentations faites sur ma vertu
> Par une femme jaune;...

Voyage qui sert d'introduction, pourtant, à la *situation* angoissante du dénoûment; cette petite maison, où il nous fait rire de si bon cœur, est le traquenard où la reine va venir se jeter dans les griffes de Salluste.

Pour faire mieux ressortir l'ennui de cette pauvre reine, le poète ne lui donne-t-il pas pour ministres de ses plaisirs ces deux grotesques : don Guritan et la camerera mayor?

Voyez l'influence que le hasard, les détails matériels vont avoir sur les péripéties de l'action, c'est au moment où la reine reçoit la désespérante et ridicule lettre de son mari :

> Madame, il fait grand vent et j'ai tué six loups,

c'est à ce moment même qu'elle remarque pour la première fois Ruy Blas, paré de toutes les séductions de la jeunesse, de l'héroïsme et de l'amour.

Un inconnu vient tous les soirs, au péril de sa vie, déposer des fleurs qu'elle aime sur le banc où elle va s'asseoir d'ordinaire; elle a deviné qu'il s'est blessé à une grille en escaladant le mur; il y a laissé de son sang et un bout de dentelle de sa manchette; et Ruy Blas, qui lui apporte le message du roi, est blessé au poignet et porte des manchettes de la même dentelle!

Et la lettre par laquelle Ruy Blas s'avoue si naïvement le « bon domestique » de Salluste et qu'il oublie après, la similitude des écritures qui doit convaincre la reine qu'elle a aimé un valet, tous ces détails de la mécanique théâtrale, toutes ces *ficelles*, comme on dit aujourd'hui, ne sont-ils pas tout nouveaux?

C'est la langue, plus encore que tout cela, qui caractérise le drame romantique : langue éblouissante d'images nouvelles, de mots colorés et rares, de trivialités expressives que la littérature classique proscrivait comme honteuses. La peur des images vives n'est plus; le vers ose tout dire et cherche à le dire avec le plus d'intensité possible; il n'a plus de scrupule à montrer les chiens rongeant des os; pour aggraver l'horreur, il les montre au pied d'un pilori; et c'est l'homme dont les os devraient être rongés qui, avec une bravoure admirable, nous parle de cette éventualité après avoir dévidé un chapelet d'adjectifs à vous faire dresser les cheveux sur la tête :

> — J'aimerais mieux, plutôt qu'être à ce point infâme,
> Vil, odieux, pervers, misérable et flétri,
> Qu'un chien rongeât mon crâne au pied du pilori !

Quel coup de pied dans la tradition! Et l'unité de temps? Elle est loin.

Cependant, à y regarder de près, la différence entre le drame romantique et la tragédie est plus, peut-être, dans la forme que dans le fond, dans le style et les procédés que dans l'observation et l'étude même de la vie. Les personnages du drame ne sont pas encore bien réels. Il ne faut même pas les considérer comme des individus si l'on veut bien les comprendre. Ce sont plutôt de brillantes abstractions, des idées habillées de phrases, pailletées de rimes sonores et présentées dans un décor intéressant, que des êtres de chair. L'auteur nous en avertit dans la préface du drame, pour qu'il n'y ait pas d'erreur.

Ruy Blas, dans sa pensée, c'est le peuple. « le peuple qui a « l'avenir et qui n'a pas le présent; le peuple orphelin, pauvre, « intelligent et fort; placé très bas et aspirant très haut; ayant « sur le dos les marques de la servitude et dans le cœur les pré« méditations du génie; le peuple, valet des grands seigneurs « et amoureux, dans sa misère et dans son abjection, de la seule « figure qui, au milieu de cette société écroulée, représente pour « lui, dans un divin rayonnement, l'autorité, la charité et la « fécondité ». Cette triple abstraction, c'est la reine « penchée « vers ceux qui sont au-dessous d'elle par pitié royale et par « instinct de femme aussi peut-être et regardant en bas pen« dant que Ruy Blas, le peuple, regarde en haut ». Salluste, de même, c'est la noblesse égoïste, s'enrichissant du malheur public; César, la noblesse décadente mais bonne enfant, jouissant de son reste et fraternisant avec le commun; le roi, — ici perce la foi républicaine de l'auteur, — « ce n'est pas une figure, c'est une ombre. »

Mais malgré le triple sujet que l'auteur voit dans son drame, — « le sujet philosophique de *Ruy Blas*, c'est le peuple « aspirant aux régions élevées; le sujet humain, c'est un homme « qui aime une femme; le sujet dramatique, c'est un laquais qui « aime une reine », — malgré ou plutôt à cause de ce triple développement trop ingénieux, le drame ne se passe pas dans le domaine des réalités et l'histoire de ce vagabond et de ce laquais, brusquement élevé aux plus hautes fonctions de la monarchie et instantanément, miraculeusement doué de toute l'éducation, de toutes les capacités, de toute l'expérience nécessaire pour y briller d'un suprême éclat, n'est qu'un beau conte de fée, qu'il ne faut pas prendre à la lettre de peur d'y trouver une vilaine histoire de chevalier d'industrie et de femme banalement adultère.

Dès les premières pages de *La Cousine Bette*, d'Honoré de Balzac, nous pénétrons dans une atmosphère de réalité. Il ne s'agit plus de l'évocation d'un passé déjà lointain ou de personnages légendaires. Le livre date de 1846 ; l'histoire contée commence en juillet 1838 ; son intérêt ne doit rien au prestige des époques disparues ; ce que l'on voit, dans les cinq premières lignes, c'est un gros homme, de taille moyenne, en uniforme de capitaine de la garde nationale, porté dans une de ces voitures nouvellement mises en circulation sur les places de Paris et nommées des *milords*, qui chemine rue de l'Université. Nous apprenons bientôt que ce capitaine appartient à la deuxième légion ; qu'il est décoré ; qu'à la manière dont il descend du milord, on devine un quinquagénaire ; qu'il s'appelle Crevel ; qu'il a été parfumeur ; qu'il se rend chez le baron Hulot d'Ervy, commissaire ordonnateur sous la république, ancien intendant général d'armée, et maintenant directeur d'une des plus importantes administrations du ministère de la guerre, conseiller d'État, grand officier de la Légion d'honneur, etc., etc. ; que s'il a mis son uniforme d'officier de la garde nationale, c'est qu'il se croit à son avantage sous cette tenue et qu'il s'en va faire une déclaration d'amour à la belle Mme Hulot, la femme du baron. (Nous respectons les expressions de Balzac.)

Remarquez la précision et l'abondance des détails, — nous en passons encore beaucoup qui font ressembler le récit à un des faits-divers de nos journaux. Nous en savons déjà plus long sur les particularités de la personnalité de M. Crevel au bout d'une page que sur Pyrrhus ou Thésée après toute une tragédie. Ce n'est pas un type général : c'est un individu, avec lequel un certain nombre d'individus de la même époque et de la même classe sociale peuvent avoir des traits de ressemblance, mais qui nous est présenté avec tous les caractères de *quelqu'un* de réel, ayant ses traits distinctifs, vu et connu, décrit d'après nature.

Tous les personnages de quelque importance sont analysés avec le même soin.

C'est ce baron Hulot d'Hervy, vieux beau de l'Empire, adoré de sa femme qu'il ruine indignement pour des drôlesses trop jeunes, — si bien qu'il ne serait pas en situation de faire une dot à sa fille. Et comment, disgracié après Waterloo, inoccupé de 1818 à 1823, il s'est mis en service auprès des femmes avant que l'on n'eut besoin de ses talents pour la guerre d'Espagne, Balzac ne nous le laisse pas ignorer : cette influence des événements politiques sur le bonheur du ménage Hulot donne au récit une intensité de vraisemblance spéciale.

C'est Mme Hulot, la femme parfaitement belle, parfaitement vertueuse, « exactement folle » de son mari et qui s'est fait une éducation, de jolie paysanne est devenue grande dame accomplie pour mériter la dignité d'épouse d'un tel homme.

C'est Bette, c'est-à-dire Lisbeth Fischer, la cousine de Mme Hulot, une fille de quarante-deux ans, maigre et brune paysanne des Vosges, aux sourcils épais, aux bras longs et forts, aux pieds épais, à la face *simiesque* — le mot y est déjà — avec un caractère dont la jalousie forme la base. Elle est prodigieusement jalouse surtout de sa cousine Adeline, la baronne, à la beauté de laquelle elle a été immolée par sa famille, — à qui, pour se venger, elle a un jour cherché à arracher le nez, un vrai nez grec que les vieilles femmes admiraient. Les Hulot, qui l'ont fait venir à Paris, ont essayé de la dégrossir, de lui faire un sort, de la marier : mais elle est restée fille, chaste, satisfaite d'avoir assuré son existence en travaillant comme ouvrière passementière, aussi jalouse de son indépendance que du reste, se défiant des bienfaits par peur des humiliations, en garde même contre la mode qui lui semble un joug. Il faut lire la minutieuse exposition de ce caractère où tout se complète, même par ce surnom de *la chèvre*, qu'on a donné à Lisbeth dans la famille. On comprend le ressort que cette jalousie féroce va donner à la cousine Bette, restée fidèle à ses instincts originaires sous son vernis de Parisienne, quand elle découvrira que le jeune homme dont elle s'est éprise avec toute la passion de ceux qui se mettent à aimer trop tard, en aime une autre.

C'est la jolie et vicieuse Valérie Marneffe qui, croisée un jour par le baron Hulot en rentrant chez elle et flairant un amateur, se met tout de suite à sa fenêtre pour montrer où on la peut trouver ; dont la corruption, la complète nature de femme galante, sont notées avec une pénétrante minutie.

Et les autres...

A mesure qu'on avance dans la lecture, les renseignements s'accumulent sur les antécédents, les origines de tous, les circonstances qui ont pu former leurs caractères. Leurs façons de s'habiller ne sont point purement décoratives, mais rigoureusement mises en harmonie avec le reste. On a vu l'uniforme de Crevel révéler sa vanité de boutiquier retiré qui fait l'important ; combien en connaissons-nous, de ces Crevels amoureux du panache ! Lisbeth est bien complétée par sa manie de plier les modes à ses fantaisies arriérées, de retravailler les robes et les chapeaux qu'on lui donne de façon à les rattacher aux modes impériales et aux anciens costumes lorrains; et comme les toilettes de la Marneffe révèlent tout de suite la femme d'aventures !

Les habitations avec leur mobilier aussi marquent la situation des habitants. Crevel, en retournant après des années d'absence chez Mme Hulot, fonde tout de suite des espérances sur ses rideaux de soie déteints par le soleil et limés sur les plis par un long usage, sur son tapis d'où les couleurs ont disparu, sur ses meubles dédorés et dont la soie marbrée de taches est usée par bandes; il compte pour la séduire sur cette détresse dont il va lui révéler la cause, l'inconduite coûteuse du baron. Il lui jette à la figure, plus tard, « ce mot gêne vomi « par toutes les lézardes de ces étoffes, par toutes ces misères « qui épouvanteront les gendres. »

Le pâté de vieilles maisons délabrées et sombres de la rue du Doyenné est bien fait pour abriter le ménage Marneffe; c'est là que doit fleurir une fleur de vice comme Valérie, pour qu'un débauché de marque ait la surprise et le plaisir de l'y découvrir; les meubles de camelote, la saleté de la salle à manger, qui présente l'aspect nauséabond des [illegible] à manger d'hôtel de province, la chambre de monsieur où tout traîne, où de vieilles chaussettes pendent sur des chaises de crin dont les fleurs sont dessinées par la poussière, la chambre de madame qui seule fait exception par son luxe professionnel à la dégradante incurie de l'appartement officiel, en disent long sur la situation du ménage; et aussi le dîner répugnant, le morceau de veau inondé d'eau rousse par la servante qui en a donné le jus à son amoureux, le plat de haricots, les cerises de rebut, les assiettes et les plats écornés, l'argenterie en maillechort, les carafes ternies qui ne sauvent pas la vilaine couleur du vin pris au litre chez le marchand du coin, si peu dignes de cette jolie femme joliment habillée et qui trahissent une misère sans dignité, l'insouciance de la femme et celle du mari pour la famille.

Dans ces milieux précis, détaillés, les personnages fictifs qu'on nous présente acquièrent une intensité de vie extraordinaire. Quand on lit *La Cousine Bette* à dix-sept ans, on se persuade que le baron Hulot et Crevel ont existé et que le général Hulot, frère du baron, a bien été créé comte de Forzheim par l'Empereur après la campagne de 1809.

Les puristes reprochent à Honoré de Balzac certaines négligences de rédaction; ils ont découvert dans son œuvre colossale, qui occupe tout un rayon de bibliothèque, un certain nombre de phrases embarrassées, de tournures sans élégances, d'expressions sans goût; ils font trop bon marché de ses pages saisissantes qui font voir les hommes et les choses de son imagination comme des choses et des hommes réels et qu'on n'oublie plus, auxquels on s'intéresse comme si on les avait rencontrés et connus; ils ne tiennent pas compte de sa prodigieuse invention qui a exposé dans la *Comédie humaine* toute la vie et la manière d'être d'un monde.

Rapportons les trois œuvres dont nous venons d'esquisser les caractères aux trois époques, aux trois moments de la société qui les ont fait naître, et tâchons d'examiner comment elles y ont trouvé le terrain propice à leur développement, pourquoi de pareilles époques devaient donner lieu à des œuvres de ce genre.

L'esprit classique, dont la tragédie française fut l'expression la plus curieuse et la plus complète, dériva de la toute-puissance acquise par les rois lorsqu'ils eurent définitivement vaincu la féodalité et que la noblesse, abandonnant ses châteaux et son existence d'autrefois, se fut installée à Paris, puis concentrée à Versailles pour y vivre de la vie de cour et obtenir de la faveur royale les avantages qu'elle s'adjugeait naguère à la pointe de l'épée.

Les seigneurs féodaux s'étaient transformés en courtisans. Le Roi, qui pouvait dire : l'État, c'est moi ! était devenu la source de tout honneur et de tout profit. Personne n'était resté assez fort pour lui résister, assez riche pour se passer de lui. Pour parvenir, désormais, il fallut *plaire*. Les grands, qui approchaient le Roi, avaient l'avantage de lui faire leur cour directement. Les seigneurs de moindre importance devaient s'efforcer de plaire aux grands, les bourgeois et petites gens de plaire à quelque seigneur favorisé. Une hiérarchie s'était établie ainsi dans la courtisanerie ; et de degré en degré, la faveur s'épandait en cascade, se divisait, tombant à gros bouillons sur ceux qui avaient la chance d'être à portée du maître suprême, ruisselant encore abondamment sur ceux qui s'étageaient au-dessous, s'éparpillant jusqu'en bas sur la vile multitude des aspirants qui s'en disputaient les gouttes.

La lutte pour l'existence prenait dans tout ce monde un aspect congru : elle s'adaptait à l'art de plaire. Les gens de lettres, à cause de l'agrément que leur talent pouvait procurer à un monde d'oisifs avides de distraction, furent en position d'avoir quelque part spéciale à la distribution des bonnes grâces. Mais la première condition d'en obtenir fut pour eux surtout d'être agréables aux gens de la cour et des salons qui pouvaient seuls les distribuer, de flatter leurs goûts, d'embrasser leurs manières de voir et leurs préjugés. Ils furent mis dans l'obligation de penser et d'écrire pour cette aristocratie de désœuvrés qu'on appelait alors les gens de bien, les honnêtes gens, la bonne compagnie, les gens de qualité, de se soumettre absolument à la tyrannie du bon usage (¹).

Il y avait beau temps déjà que la noblesse partie pour guerroyer en Italie avec Charles VIII et Louis XII en avait rapporté, avec le regret de la joyeuse vie menée dans la péninsule et de son beau ciel bleu (²), une admiration immodérée pour l'antiquité et pour cette imitation de l'antiquité qui n'avait cessé de faire le fonds de l'art italien. Elle voulu avoir des palais, des tableaux, des statues comme elle en avait vu là-bas; elle ramena ou fit venir d'au delà des Alpes des architectes et des artistes qui travaillèrent à la satisfaire. Sa passion s'étendit naturellement à la littérature de l'antiquité qui, retrouvée depuis peu, rayonnait d'un éclat nouveau; la littérature nationale fut dédaignée, sacrifiée par ces nobles *amateurs*, — le mot est de Viollet-Leduc, — qui donnaient le ton aux écrivains comme aux artistes et qui cherchaient à se distinguer du commun. Ronsard avait conseillé d'étudier la bonne façon d'écrire dans les auteurs grecs et latins « plutôt « que dans toutes ces vieilles poésies françaises comme ron- « deaux, ballades, virelais, chants royaux, chansons et telles « *autres épiceries*, qui corrompent le goût de notre langue et « ne servent à rien sinon à porter témoignage de notre igno- « rance ». Les poètes de la Pléiade, qui pensaient comme lui, s'attaquèrent à la langue même, cherchèrent à y introduire des mots artificiels faits de terminaisons françaises soudées à des racines latines ou grecques, comme si une langue viable pouvait être l'œuvre de quelques-uns, comme si elle ne devait pas s'élaborer lentement, à mesure des besoins inhérents à

(¹) Lire à ce sujet, dans les *Origines de la France contemporaine*, les chapitres consacrés à l'analyse de l'esprit classique dans le premier volume, *l'Ancien régime*.

(²) MICHELET, *Histoire de France : La Renaissance*.

l'expression des idées, par l'apport et la diffusion de mots et de tournures adoptés du consentement de tous.

Ce fut, dans les arts et dans les lettres, une véritable « mascarade à l'antique » (1), destinée à amuser la classe privilégiée et proscrivant la langue populaire qui avait sincèrement exprimé jusque-là les véritables sentiments, les véritables pensées de la race. Et le moindre défaut de la nouvelle tendance n'était pas l'habitude que l'on prenait d'étudier les auteurs plutôt que la réalité, de chercher la beauté et la vérité dans les livres du passé plutôt que dans l'observation du présent.

Ce ne fut pas une mode passagère, mais un mouvement qui allait durer deux siècles et demi, s'épanouir jusqu'à ses plus fâcheuses conséquences, mener la littérature au dernier degré du factice, exercer enfin, en généralisant avec les façons d'écrire des façons appropriées de penser, une influence terrible sur les choses de la Révolution de 89. Car l'esprit classique engendra à la fin du XVIIIe siècle l'étrange conception de l'homme et de la raison qui, traduite en lois constitutionnelles, aboutit, logiquement, à la Terreur.

Au vieux théâtre populaire et primesautier, à ses mystères, soties et moralités allait succéder le décent et majestueux théâtre de Corneille et de Racine ; à l'éloquence batailleuse et crapuleuse des prédicateurs de la Ligue, de ces franciscains comme le P. Boucher, qui ne se gênait pas pour traiter de teigneux S. M. Henri III, par la grâce de Dieu roy de France, l'éloquence ordonnée et discrète des Bossuet, des Fénelon, des Bourdaloue, des Fléchier, morigénant les rois avec tant de respect. Toute la vieille poésie naïve, pittoresque, toute d'impressions, si bien parée de toutes les fleurs, si bien parfumée de l'odeur des belles campagnes de France, allait mourir; oui, la poésie nationale, si jolie encore dans Ronsard et ceux de la Pléiade, allait tourner en simples exercices de prosodie. Le pittoresque et la couleur des anciens narrateurs, des *Testaments* de Villon, de *Gargantua* et de *Pantagruel* allait s'effacer sous les fades descriptions, sous les poncifs du *Télé-*

(1) LETOURNEAU, *L'évolution littéraire.*

maque. Au lieu de choses comme l'éblouissante algarade de Frère Jehan avec les soldats de Picrochole dans le clos de l'Abbaye de Seuillé, on allait avoir l'onde éternellement *pure*, la brise inévitablement *légère*, le zéphire implacablement *doux*, les prairies réglementairement *émaillées* de fleurs et les troupeaux *bondissant* en vertu d'une loi impitoyable sur l'herbe inaltérablement *fraîche*.

Pendant ces deux siècles et demi, la nature allait être ainsi condensée en quelques inviolables formules ; à peine si quelques audacieux comme La Fontaine oseraient y faire encore de vagues allusions; de tous les personnages de Molière, hors de ses conceptions mythologiques et allégoriques, c'est à peine s'il y en a un qui en parle :

La campagne, à présent, n'est pas beaucoup fleurie,

dit Cléante à Orgon qui revient de voyage.

Les gens de cour se piquant de convenance, on allait tout raffiner, se scandaliser de tout. Malherbe, qui a le plus contribué à fonder l'école classique et à lui imposer sa loi :

Enfin Malherbe vint....

y passera aussi ; on lui reprochera ses rois « mangés des vers » dans leurs tombeaux et sa mort qui « se bouche les oreilles ». Relisez, si vous les avez oubliés, les adorables contes de Charles Perrault, ces petits chefs-d'œuvre de l'esprit français, où l'imagination et la poésie s'accommodent si bien avec la vivacité du récit, la grâce la plus accomplie, où les tableaux de féerie les plus chatoyants sont évoqués en une seule phrase alerte, où le rêve est si bien fixé dans un vêtement littéraire qui permet de le saisir sans le froisser. Eh bien! ces contes, on ose les trouver grossiers parce qu'on y voit de petites gens que les honnêtes gens n'aiment pas à rencontrer et qui n'ont pas accès dans les salons, des bûcherons qui ont trop d'enfants et qui ont faim, une paysanne avec une aune de boudin au bout du nez; parce qu'on y voit des personnages aussi choquants que les Suisses au nez bourgeonné de la *Belle au Bois dormant* et la jeune personne qui vomit des vipères et des crapauds quand elle parle. Mme de Sévigné abhorrait cette aune de boudin.

Les salons n'admettent rien de bas, ni de déplaisant. Pour bien se distinguer du commun, le beau monde feint d'ignorer et en arrive bientôt à ignorer effectivement tout ce qui intéresse le commun : le genre de vie, les travaux, les peines des paysans, des artisans, des boutiquiers, de tout ce qui exerce un métier, une profession, un commerce.

Travailler, c'est déroger ! Un homme de qualité et de bon ton doit ignorer le langage même de ceux qui *travaillent*. Qu'a-t-il besoin de connaître les mots dont un forgeron, un savetier, un laboureur désignent leurs outils et les opérations qui leur font gagner leur vie ? Tout cela étant de mauvais goût dans sa bouche doit être de mauvais goût aussi dans les livres qu'il daigne lire, dans les pièces qu'il daigne voir, dans les discours qu'il daigne écouter. D'ailleurs, les gens de qualité, remarque Mascarille, savent tout sans avoir rien appris. Du moins, ils sont censés savoir tout. Il serait dangereux pour l'écrivain crotté qui attend d'eux sa pension, de parler de choses que leur omniscience ignore et au moyen de mots dont ils seraient exposés à demander l'explication. Dieu sait si l'aplatissement du pauvre diable est complet à une époque où Jean-Louis Guez de Balzac, ce Malherbe de la prose, voulant faire l'aimable, écrit à Mme de Rambouillet que ni la grêle, ni les mauvaises récoltes, ni la misère de l'année ne le touchent, que jamais même l'*année* ne lui fut meilleure à cause des attentions qu'elle a eues pour lui.

Donc, pour être agréable, on n'emploiera plus de mots difficiles à comprendre, plus de termes scientifiques, techniques, spéciaux, de même qu'on renoncera aux mots vulgaires, populaires ou bas, à ceux qui désignent trop directement les choses du ménage, de la famille, de la vie courante qu'est censé ignorer le beau monde en représentation à la cour. Quand on sera forcé de faire allusion à toutes ces choses, ce sera par des périphrases savantes qui permettront de n'en pas rougir, qui tourneront autour de l'idée vulgaire sans y salir leurs belles robes. Ainsi, sauf chez quelques écrivains d'une personnalité puissante, comme La Fontaine et La Bruyère, Voltaire et Diderot plus tard, le mot propre va tomber en désuétude; le terme général sera seul toléré; le style ne pourra plus exprimer les choses que d'une manière approximative.

Oh! sans doute ce style produit d'admirables choses, merveilleusement adaptées surtout à cet état social. On a remarqué le génie avec lequel Molière a su « *tirer* de l'agrément de ce sale cuistre de Tartufe », a su rendre amusants George Dandin trompé par sa femme, Géronte battu par son valet, Arnolphe dupé par sa pupille, Harpagon volé par son fils, tous sujets douloureux et cruels. C'est le génie du temps. Tous ces gens de cour pour qui travaillent les littérateurs parlent et écrivent très bien, comme le montrent les lettres, les mémoires, les écrits qu'ils ont laissés; et les grands écrivains qui sont leurs contemporains, Molière, Corneille, Racine, La Bruyère, Bossuet, Pascal, La Fontaine, Boileau, Mme de Sévigné, La Rochefoucauld, ne *font* que *raffiner leur manière*, en restant dans le ton qu'ils en prennent.

Cette littérature est supérieure par l'agrément, l'ordonnance, la propriété des termes, le respect qu'elle affecte pour le lecteur et l'auditeur. Mais voici le défaut : « Il n'y a place dans « cette langue que pour une portion de la vérité. » Et cette portion de la vérité *arrivera* à être *insensiblement prise pour* la vérité tout entière. La littérature « ignore la province, la « campagne, la bourgeoisie, la boutique, l'armée, le soldat, le « clergé, le couvent. Tout cela *y reste vague ou y devient faux*. » Dans tous ces grands maîtres de la période classique, on ne trouve « rien sur les droits féodaux, la justice seigneuriale, le « *recrutement*, la *vie monastique*, les douanes, *corporations*, « maîtrises, dîme, corvée », sur la vie enfin de la plus grande partie de la nation et en particulier sur ce qui, dans cette vie, *provoquera* la *Révolution*

La littérature se meut dans un monde artificiel et cherche en vain à en sortir. Lorsqu'elle se jette, au XVIIIe siècle, dans la *mode de la sensibilité*, elle *ne fait que tomber dans une nouvelle affectation*; et la nature dans laquelle elle cherche à se retremper avec Rousseau, est aussi une nature fausse, une nature de parc trop bien tenu, pleine d'arbres trop bien taillés, de ruisseaux trop clairs et de moutons trop blancs. Cela est faux comme les habits de gros drap et les robes à la paysanne dont le beau monde s'affuble pour avoir l'air d'aimer la vie simple. On ne change point en un jour des façons d'écrire et de penser séculaires !

L'acquis scientifique du siècle même, qui est considérable, ne détruit pas l'habitude prise de tout rapporter au bon sens naturel, de voir dans la raison un souverain juge. Les maîtres du XVIIIe siècle, Voltaire, Fontenelle, Montesquieu, Rousseau, qui sont des savants, qui connaissent à peu près tout ce qu'on a découvert de leur temps, ne s'affranchissent pas de cette illusion que chacun a de pouvoir tout juger avec ses lumières naturelles. Leur grande erreur est la conception d'un homme théorique, auquel ils assimilent tous les hommes réels. Cet homme théorique agit, dans leur imagination, conformément aux lois de la raison et en pleine possession de lui-même ; et ils sont persuadés que les hommes de chair agiront en toute circonstance comme ce fantôme.

C'est ainsi qu'un beau jour les législateurs nourris de l'esprit classique concevront, pour leur mannequin humain, une constitution et des lois édifiées sans égard pour toutes les lois et coutumes antérieures, pour tout ce qu'il pouvait y avoir de bon, d'utile, d'approprié aux besoins généraux dans l'ancienne législation, pour les plis pris, les habitudes séculaires, pour tout ce qui, dans la nature humaine, résiste aux changements trop brusques et à l'oppression même quand elle vise à notre bonheur. Quand ils rencontreront des résistances, ils s'étonneront, ne pourront concevoir qu'elles soient dues aux défauts de leur système de lois, accuseront la perversité de l'homme réel parce qu'il ne ressemblera pas à l'homme de leurs rêves et feront couper une infinité de têtes pour prouver qu'il a tort !

L'esprit classique par son évolution naturelle avait amené cette conséquence. Nous l'avons vu : Voltaire lui-même malgré sa science et sa lucidité, n'avait pas vu plus clair dans la nature humaine que les autres. Ses tragédies en font foi ; la différence des hommes séparés par un long écoulement de siècles, des races séparées par de vastes espaces terrestres lui échappait. Son Mahomet était accommodé aux bienséances comme n'importe quel gentilhomme de France. Le sentiment historique lui manquait. Diderot seul avait fait vivre des personnages réels dans son étonnant *Neveu de Rameau*, sa *Religieuse*, son *Histoire de Mme de la Pommeraye et du marquis des Arcis*; il avait été en cela le précurseur du naturalisme, avec Rousseau dans ses douloureuses *Confessions*. Mais autour d'eux, l'esprit classique en était arrivé à son dernier stade. L'observation n'occupait plus aucune place dans la conception littéraire. Les livres étaient pleins de paysans, de barbares, de sauvages, raisonnant avec une parfaite élégance sur les matières les plus abstraites et tranchant, avec leur fameux bon sens, les questions sociales les plus enchevêtrées. La phraséologie venait à bout de tout. On étudiait l'homme dans les tragédies. On prenait pour modèle dans l'existence les personnages du théâtre et des romans : « On s'était fait une langue de convention, « un style académique, une mythologie de parade, une versi- « fication factice, un vocabulaire vérifié, approuvé, extrait de « bons auteurs... C'est alors que l'on vit régner ce style into- « lérable dont la fin du XVIIIe siècle et le commencement de « celui-ci ont été infestés, espèce de jargon dans lequel une « rime attendait une rime prévue, où l'on n'osait nommer une « chose par son nom, où l'on désignait un canon par une péri- « phrase, où la mer s'appelait Amphitrite, où la pensée em- « prisonnée n'avait plus ni accent, ni vérité, ni vie (1)... »

On a vu ce qu'il en résulta.

L'époque romantique commença vers 1815. La Révolution avait abrogé l'Ancien Régime, anéanti l'importance de ce monde de privilégiés pour lequel les écrivains polissaient leur style et qui leur fournissait les modèles de leurs personnages. Avec les institutions établies ou consolidées par l'Empire, un monde nouveau, un ordre social basé sur l'égalité et sur la

(1) *Philosophie de l'art.*

récompense de l'énergie et de la valeur individuelles — la première consacrée dans le Code civil, la seconde caractérisée par l'exemple de ce petit lieutenant corse devenu César — étaient nés. L'activité et l'intrigue avaient pris de nouvelles directions. Il ne s'agissait plus seulement de plaire et d'obtenir des faveurs, mais de lutter, de jouer des coudes pour parvenir. Tous les moyens étaient bons et toutes les ambitions étaient permises à chacun.

L'écrivain n'était plus l'amuseur des salons. Il s'adressait au public, à cette masse de gens de toutes conditions qu'il dédaignait autrefois, dont il devait maintenant satisfaire les aspirations. La science était devenue indépendante de la religion ; elle s'était répandue par ses applications nouvelles avec les progrès de l'industrie débarrassée des entraves des anciennes réglementations corporatives, par les progrès et le développement de l'instruction.

Les voyages étaient devenus plus faciles, plus nombreux ; l'aisance s'étant répandue, ils n'étaient plus réservés à quelques-uns : la curiosité de connaître les choses étrangères avait augmenté avec la curiosité scientifique ; et les soldats de ces armées qui avaient tant couru le monde, qui avaient vu les Pyramides, le Kremlin, la belle Italie, l'Allemagne romantique, l'Espagne passionnée, la Hollande sortie des eaux, avaient répandu dans la masse de la nation le goût d'entendre parler des pays curieux qu'ils avaient parcourus. On devine les poèmes fantastiques que devaient être, dans la bouche de ces vétérans, les récits de leurs campagnes faits à des auditoires aussi naïfs que bienveillants auxquels ils découvraient le monde. Il y avait désormais dans le moindre village un barde de l'inconnu et de l'exotique attrayants. La nation s'ouvrait aux idées de l'étranger ; ceux qui ne pouvaient voyager voulaient connaître au moins les livres des peuples qu'ils auraient voulu visiter : et ces livres n'étaient pas moins nouveaux, pas moins étonnants pour eux que les pays mêmes d'où ils venaient.

Quelle impression devaient produire Shakspere, Byron, Walter Scott, Gœthe, sur des lecteurs qui ne connaissaient que les classiques français et qui aspiraient à connaître autre chose ! Rien plus nouveau que le monde vu par les voyageurs, le monde des idées, des philosophies se découvrait devant eux. Ils comprenaient qu'un peuple ne peut vivre sur son seul fonds intellectuel, que le fonds des autres peuples peut lui procurer une multitude de jouissances. Tous les trésors des littératures étrangères leur étaient révélés en une fois. Rappelez-vous le ravissement du jeune homme qui n'a lu que les livres du collège et auquel on ouvre un beau jour une bibliothèque fournie de tous les chefs-d'œuvre de l'esprit humain ; telle devait être l'ivresse du public français à ce moment de son évolution intellectuelle. Et à côté de l'afflux des idées étrangères, un autre afflux d'idées se produisait, dû aux progrès de la science affranchie qui fondait l'histoire sur les documents exhumés, ressuscitait les religions, les sociétés, les philosophies éteintes, faisait resplendir l'infinie variété des manifestations de la vie à travers l'espace et à travers le temps.

De même que le pollen apporté de loin par les vents vient féconder plus vigoureusement les fleurs, tous les germes des idées du dehors et du passé venaient féconder la littérature française, lui donner de nouveaux et solides rejetons ; de l'Allemagne, de l'Angleterre surtout, la pollinisation se propageait et allait produire le croisement que fut le romantisme.

Il fut caractérisé d'abord par le goût de l'exotisme et du pittoresque et par le débordement de l'imagination.

On n'avait rien vu depuis deux siècles, hors des salons et des parcs. La satiété en était venue. On regarda avec le plus d'avidité ce qu'il y avait de plus étrange, de plus extraordinaire dans les formes, de plus riche dans les couleurs. Par réaction contre la régularité d'antan, on se passionna pour l'irrégularité ; par horreur de la mesure on s'éprit du démesuré ; par dégoût des lignes horizontales et symétriques de l'architecture classique, on se régala des lignes verticales, des irrégularités et des courbes de l'architecture gothique et de l'architecture mauresque ; on adora l'Orient, le Moyen Age : pour s'affranchir d'un coup de la tyrannie du bon goût, on donna tête baissée dans le difforme, l'horrible, le macabre ;

on sauta des salons dans les cimetières, des bergers et des bergères aux sorcières et aux spectres ; on se plût à hérisser la littérature de potences et de piloris.

Tous les héros de la période classique ressemblaient au courtisan de Versailles si bien soumis au bel usage ; on prit pour héros des ouvrages nouveaux l'antithèse du courtisan, l'homme qui ne demande rien à personne, qui entend parvenir par sa seule énergie, qui s'affranchit de tous les préjugés, de toutes les traditions, de toutes les croyances, qui veut que le bonheur et la connaissance n'aient pas pour lui de limites.

C'est ce personnage caractéristique, *l'Enfant du siècle*, dont Faust, Werther, Manfred, René sont les prototypes et dont on retrouve la monnaie dans toutes les conceptions littéraires de l'époque : « cœur inassouvi, vaguement inquiet, incurable-
« ment malheureux, trop sensible, trop atteint par les petits
« maux... que les plaisirs et les joies de ce monde ne peuvent
« satisfaire..., malheureux de ne pas trouver l'au-delà qu'il
« convoite et ce *je ne sais quoi* qu'il n'a pas (¹). »

Le Romantisme réagit surtout contre l'esprit classique en reconstituant la langue anémiée, en faisant rentrer dans le domaine littéraire la foule des choses innommées en français depuis deux siècles. C'est ce qui a permis à M. Émile Zola de l'appeler avec l'outrance pittoresque qui lui est familière « une « émeute de rhétoriciens. »

Il s'insurgea contre toutes les règles et les conventions que le prétendu bon ton et la routine classique avaient imposées et rendues de plus en plus étroites. C'était la besogne urgente du moment : la langue classique ne permettait plus d'exprimer toutes les idées, tous les sentiments qui débordaient. Il brisa, refondit, élargit les moules et les formes littéraires classiques, rappela de l'exil les mots proscrits, les vieux mots spontanés, expressifs, colorés, populaires, spéciaux qui donnent à la langue sa richesse. C'est pour des mots nouveaux et d'innocentes audaces de langage que se livrèrent les grandes batailles romantiques.

(¹) *Littérature anglaise*, vol. IV. et *Philosophie de l'art*, vol. I.

Théophile Gautier rappelle, dans son *Histoire du Romantisme*, que des passages comme :

Est-il minuit ? Minuit bientôt...

dans *Hernani*, soulevaient des tempêtes. Le drame de Hugo fut surtout, on l'a dit, une protestation contre les trois unités, contre la gravité tragique, contre la barrière arbitrairement posée entre la comédie et la tragédie. On a vu plus haut où va, dans *Ruy Blas*, sa richesse d'expression et de description. Mais le Romantisme s'enivre de cette richesse, se grise de la forme : le plaisir d'exprimer librement, richement ce qu'on n'a plus exprimé depuis si longtemps lui est si vif, qu'il décrit pour le plaisir de décrire, d'assortir des mots voyants et sonores. Le milieu où agissent ses personnages et qu'il va choisir dans le lointain ou dans le passé est surtout, pour lui, un beau décor qu'il s'agit de faire valoir, un prétexte à exhibition de costumes pittoresques. La passion du décor est excessive chez les romantiques. Elle leur ferme les yeux à la réalité.

On trouve des révélations bien piquantes à cet égard dans cette *Histoire du Romantisme* où Gautier nous décrit un des cénacles de jeunes gens d'où la nouvelle école a pris son essor. Tous s'efforcent d'être autre chose qu'ils ne sont. Ils portent volontiers des noms extraordinaires, accommodent les leurs au besoin pour leur donner un aspect étonnant. On s'appelle Jehan du Seigneur, Augustus Mac-Heat (Maquet), Philothée O'Neddy, Napoléon Tom, Joseph Bouchardy, Petrus Borel. Le rêve est d'avoir un air étrange ou étranger. Tous ces jeunes gens ont de leur beauté, de leur aspect extérieur, de leurs barbes, (porter la barbe est alors une nouveauté hardie) une préocupation qui nous paraît puérile mais qui reflète bien leur souci exclusif de la forme.

Il est de mode, dans tout ce monde, « d'être pâle, livide, « verdâtre, un peu cadavéreux s'il est possible : cela donne « l'air fatal, byronien ; Petrus Borel avait des yeux d'Abencérage pensant à Grenade » ! Ce qui le distinguait, « c'est « qu'il n'était pas contemporain... Il semblait toujours venir « du fond du passé... Le croire Français, né de ce siècle, eût

« été difficile. Espagnol, Arabe, Italien du XVe siècle, à la « bonne heure! »

Bouchardy « semblait né au bord de l'Indus ou du Gange, « tant il était basané... Ses mouvements rappelaient ceux d'une « panthère de Java .. Il ne lui manquait que d'être vêtu de « mousseline blanche, coiffé d'un turban de cachemire enroulé « et de porter un anneau de diamant à la narine pour avoir « tout à fait l'air d'un maharajah de Lahore ».

Jules Vabre, aimant Shakspere par-dessus tout, « s'était « fait une âme anglaise, un cerveau anglais, ne buvait plus « que du stout, de l'extra-stout ».

Célestin Nanteuil, le graveur, étant blond, « avait l'air d'un « de ces longs anges thuriféraires ou joueurs de sambucque « qui habitent les pignons des cathédrales ».

Les costumes étaient assortis aux visages. On portait en guise de gilets des pourpoints de velours noir emboîtant exactement la poitrine et se laçant par derrière! Théophile Gautier décrit complaisamment l'accoutrement qu'il portait lui-même à la première d'*Hernani :* un pourpoint rouge cerise, dans la forme des pourpoints Valois, busqué en pointe sur le ventre et formant arête dans le milieu, lui tenait lieu de gilet. Un pantalon vert d'eau très clair à bandes noires, un habit à revers de velours et un pardessus gris doublé de satin vert complétaient le costume et contribuaient à exprimer l'horreur de l'écrivain pour les teintes neutres bourgeoises.

L'absence de linge visible était obligatoire pour tous. Le col de chemise était le symbole de l'épicier, du bourgeois, du philistin odieux. On ne passait qu'à Victor Hugo son petit col blanc rabattu. Mais c'était Hugo!

Le Sâr Peladan et M. Oscar Wilde n'ont rien inventé.

Ceux qui n'étaient pas assez riches pour se payer des costumes sensationnels tâchaient de sortir de l'ordinaire en laissant pousser leurs tignasses ou en se couvrant d'un chapeau de brigand calabrais.

On ne faisait pas seulement de la couleur locale : on en mangeait! La bande se réunissait chez le Napolitain Graziano, au *Petit moulin rouge*, avenue de la Grande-Armée.

Elle se bourrait de *stufato*, de *tagliarini*, de *gnocchi* et autres macaronis; elle buvait à la ronde dans un crâne humain!

On aperçoit là l'excès de la réaction : l'antipathie des romantiques pour leur siècle, leur pays, leur milieu naturel, pour le bourgeois symbolisé pour eux dans la grotesque figure de Joseph Prudhomme. A force de regarder au loin et en arrière, ils ne voient pas ce qu'il peut y avoir d'intéressant autour d'eux. Ils n'aiment pas les villes, les rues, les horizons, le climat où ils vivent. Ils ne voient pas, comme le remarque M. Émile Zola, la grandeur des temps modernes, les merveilles que le siècle accomplit autour d'eux. Au carnaval antique des classiques, ils substituent un autre carnaval. Gœthe les compare à des gens qui se déguiseraient en Turcs toute l'année (1). Ils ont établi eux aussi des formules du beau, et dans ces formules, il n'y a pas de place pour nos mœurs, nos arts, nos sciences.

La science surtout, à laquelle ils doivent tant, devient leur bête noire; ils n'en voient que les applications qui, comme les manufactures et les usines, l'industrie en général, n'entrent pas dans leur esthétique. D'ailleurs, elle gène l'essor de leur imagination exaltée De ce qu'elle ne donne pas à l'enfant du siècle tout ce qu'il rêve, il conclut qu'elle ne donne rien à l'humanité : toujours comme le gamin gâté qui pleure parce qu'on ne peut pas lui donner la lune. Tout au plus admettent-ils les sciences occultes, par égard pour les mages de la Chaldée « et parce qu'elles répondent à leurs aspira- » tions vers les siècles morts et les pays lointains (2). » Aussi regrettent-ils toujours les diligences, les postillons, les voitures versées, les auberges, le bon vieux temps et auront-ils en exécration les chemins de fer et le télégraphe qui ne servent, selon eux, qu'à gâter les paysages. Cette manie est encore vivace.

La philosophie et la psychologie du romantisme, d'autre part, sont enfantines. Elles s'étalent dans l'espèce de manifeste que Victor Hugo donna pour préface à son drame *Cromwell*.

(1) *Conversations avec Eckermann*, vol. I.
(2) Zola, *Documents littéraires*.

Cette préface fut le crédo du romantisme. « Elle rayonnait à « nos yeux, écrit Théophile Gautier, comme les tables de la « loi sur le Sinaï et ses arguments nous semblaient sans répli- « que... La Bible chez les protestants, le Coran parmi les maho- « métans ne sont pas l'objet d'une plus profonde vénération ». Il ne s'agit donc pas d'un document de mince importance !

Hugo y décrit les trois âges littéraires de l'humanité. D'abord, les temps primitifs : l'homme touche encore de si près à Dieu que toutes ses méditations sont des extases, tous ses rêves des visions ! La vie patriarcale se déroule idéalement. L'homme est jeune et lyrique... l'ode est toute sa poésie. De là, la Genèse.

Puis la société devient théocratique et la poésie épique : et Homère se montre.

Enfin le christianisme apparaît et avec lui l'idée de la seconde vie. Le christianisme sépare le souffle de la matière, met un abîme entre l'âme et le corps. Il donne naissance à un sentiment nouveau : la mélancolie. Sous son influence, la poésie va sentir que le laid existe à côté du beau, le difforme près du gracieux, le grotesque au revers du sublime. Elle va mêler la comédie à la tragédie ; Sganarelle va gambader autour de Don Juan, Méphistophélès autour de Faust. Hugo découvre que le grotesque a traversé en naissant la littérature latine, y a coloré Perse, Pétrone, Juvénal et laissé *l'Ane d'or* d'Apulée, qu'il a créé l'architecture du moyen âge, fait Cervantès et Rabelais, qu'on le trouve chez Dante et Rubens, qu'il se fond harmonieusement avec le sublime dans Shakspere pour produire le drame, expression des temps modernes.

Cette préface de *Cromwell* est bien curieuse à relire aujourd'hui, pour quiconque connaît un peu l'histoire des littératures primitives et a pris la peine de se mettre sommairement au courant des phénomènes de l'évolution humaine. Elle accuse une royale ignorance. On a peine à y trouver une idée qui tienne encore debout ; et la splendeur de la forme, car c'est une admirable page d'*écriture*, comme on dit aujourd'hui, contraste étrangement avec la pauvreté du fond. Jamais on ne s'est plus payé de mots que dans cette prodigieuse dissertation ; témoin ce Grotesque, cité ci-dessus, qui naît dans l'antiquité et agit dans le domaine des lettres comme un dieu difforme et fécondant, en vertu d'on ne sait quel mystérieux pouvoir. Une simple image, une conception toute poétique suffit ainsi pour tout expliquer. Le romantisme raisonne au moyen de semblables conceptions. Une idée qui prête à de beaux développements littéraires lui paraît toujours inattaquable.

Pour Victor Hugo, dans la poésie nouvelle dont Shakspere a donné le premier l'expression complète (et il croit de bonne foi qu'il se rattache de bien près à Shakspere), tandis que le sublime représente l'âme épurée par la morale chrétienne, le grotesque jouera le rôle de la bête humaine avec tous ses défauts ; mais le grotesque sera surtout un repoussoir du sublime et son emploi un « procédé littéraire ». L'effet sera cherché par les antithèses les plus factices. On en a vu quelques exemples dans *Ruy Blas :* on en voit bien d'autres dans *Notre-Dame de Paris.* Quasimodo, l'incomparablement laid, amoureux de la Esméralda, l'incomparablement belle ; les sentiments si nobles du même Quasimodo dans le corps le plus affreux ; le goût de ce sourd pour la musique des cloches ; le beau capitaine Phœbus si dédaigneux de la Bohémienne qui l'aime avec tant d'abandon ; Claude Frollo incurablement épris de la Esméralda qui ne peut pas le souffrir ; un amour de damné chez un prêtre de mœurs jusque là irréprochables ; l'apparition de maître Jacques Coppenolle, le bourgeois flamand sans gêne, en blouse de cuir sur l'estrade des dignitaires gourmés et chamarrés ; la Sachette qui offre le spectacle de l'amour maternel le plus sublime chez une prostituée, qui devient une sainte après qu'on lui a volé sa fille, qui exècre du fond de son trou cette fille qu'elle ne reconnaît pas et entre en fureur chaque fois qu'elle la voit passer devant ses yeux : Jehan Frollo, ce polisson fieffé, si inoffensif en comparaison de son frère Claude, l'homme vertueux et nuisible ; autant d'antithèses !

Et ailleurs, voyez la passion de l'infâme Lucrèce Borgia pour son Gennaro ! Et celle de Marion Delorme, la courtisane éhontée, pour le candide Didier ; et Jean Valjean, forçat

4

sublime; et Hernani, bandit gentleman; et le sacrifice d'Hernani et de Doña Sol à l'amour glacé du vieux Ruy Gomez; antithèses, symboles, abstractions!

Mais on ne fait avec de tels personnages que des romans et un théâtre de marionnettes. L'appréciation est de Gœthe, rapportée par Eckermann. *Notre-Dame de Paris* est, dit-il, le livre le plus affreux qui ait jamais été écrit. « Il n'y a là ni nature, » ni vérité... les personnages principaux sont de misérables » marionnettes, que l'auteur manie à son caprice, auxquelles il » fait faire les contorsions et les grimaces nécessaires aux effets » qu'il veut produire. » L'appréciation est particulièrement piquante de la part d'un homme qui s'y connaissait aussi bien en abstractions. Émile Zola, de son côté, fait observer [1] que le héros de *Ruy Blas*, de ce drame qu'on a appelé un envolement dans l'idéal, n'est qu'un vulgaire chevalier d'industrie et qui dans la vie réelle passerait en cour d'assises; ne le voit-on pas entrer dans une tromperie indigne, voler un nom, abuser et perdre la femme qu'il prétend aimer, et se conduire comme le dernier des manants?...

Une critique impartiale du Romantisme ne doit pourtant pas diminuer son œuvre accomplie qui, malgré ses faiblesses, a été considérable. La réfection de la langue, qu'il avait trouvée dans un si triste état d'épuisement élégant, qu'il a régénérée et rendue propre à exprimer les idées modernes, était une tâche suffisante pour une génération d'écrivains. La recherche de nouvelles formes, de nouveaux modes d'expression s'imposait d'abord à la littérature de ce siècle; l'on n'a plus trouvé grand'chose de bon, d'utile dans ce domaine depuis la renaissance à laquelle ils ont présidé. Il ne faut pas faire sonner trop fièrement les petites pièces de monnaie qu'on a ajoutées au trésor légué par eux et où nous puisons tous les jours à pleines mains; Victor Hugo a été un prodigieux littérateur. Tous ceux qui ont écrit depuis son règne ont « trempé leur plume dans son encrier ». On ne peut juger les romantiques sans comparer l'état dans lequel ils ont trouvé la littérature française à l'état dans lequel ils l'ont livrée à leurs successeurs.

[1] *Le roman expérimental*

Quiconque est doué du sens littéraire leur gardera une profonde reconnaissance du plaisir que lui ont procuré, au sortir de l'éducation classique, leurs œuvres hautes en couleurs, d'allure si indépendante, de dehors si originaux. Leurs défauts ont été ceux de la jeunesse. Ils ont osé ce qu'on n'avait plus osé depuis plus de deux siècles : dire sans détours ce qu'ils prenaient pour la vérité, faire ouvertement la guerre à la routine et aux préjugés ; ils ont ménagé la transition indispensable du passé au présent. Ils ont ouvert la voie à de plus grandes audaces en montrant « qu'en dehors des confessions officielles il y a des « vérités, en dehors des conditions respectées des grandeurs, « en dehors des situations régulières des vertus, par delà les « dogmes une foi (1). »

(1) *Littérature anglaise.*

TROISIÈME LEÇON.

Nous allons maintenant dégager les traits particuliers qui font du Naturalisme un produit de notre époque et de notre civilisation. Mais il importe, d'abord, de dissiper trois préjugés qui empêchent de l'apprécier sainement, trois de ces opinions préconçues, admises sans examen ni discussion, tombées sans contrôle dans la mémoire et qui s'interposent si souvent entre la réalité des choses et l'idée que nous nous en faisons. On peut les formuler ainsi :

Le naturalisme consiste dans la notation servile, sans art, des événements de la vie et des milieux où ils se produisent.

Il est une école d'immoralité.

Il se caractérise par sa grossièreté d'expression et son dédain du goût.

I

Le naturalisme décrit servilement et sans art des événements et des milieux.

Mais quelles sont les conditions de l'œuvre d'art? Restons dans le domaine de la littérature, de la sculpture, de la peinture et du dessin. La théorie que nous allons résumer [1] peut s'appliquer à l'architecture et à la musique; mais il est inutile de la développer jusque-là pour en faire l'application.

[1] *Philosophie de l'art.*

Le premier élément de l'œuvre d'art, que nous l'examinions à l'origine des temps et des sociétés, ou dans la forme primitive des conceptions de l'enfance, ou dans la forme définitive que lui donnent les hommes de génie des civilisations développées, est l'imitation directe de la nature.

Dans la fantaisie, le conte, la féerie mêmes, les premiers matériaux de l'invention la plus indépendante sont fournis par la nature observée. On peut donner à la chimère une tête et des seins de femme, des ailes d'oiseau, des pattes et des griffes de lion; Breughel peut peindre ses chaos de démons associant dans leurs anatomies baroques des membres disparates à des ustensiles imprévus; Andersen peut nous mener dans tous les royaumes de sa délicieuse imagination. Les conceptions délirantes de la folie, comme les rêves du mysticisme ou les inventions du génie ne mettent en œuvre que des éléments existants, vus, imités ou déformés, mais arrivés à la connaissance de l'artiste par la voie de ses sensations, empruntés au fonds commun de l'univers sensible. Il a toujours commencé par puiser dans la nature; il l'arrange ou la dérange à son gré, il ne peut se passer d'elle. S'il la méprise comme l'école classique à son déclin, qui imitait les personnages et les paysages décrits dans les livres, il tombe dans la manière, l'exagération, la formule; il fait des copies et des pastiches.

Mais son imitation de la nature ne peut être *exacte*. Sinon un moulage, rendant jusqu'au grain de la peau, serait supérieur à une statue modelée; une photographie, à laquelle une lentille bien construite peut donner l'exactitude d'une projection géométrique, vaudrait mieux qu'un tableau; la sténographie d'une querelle ou d'un procès de cour d'assises serait plus intéressante qu'un drame; le phonographe donnerait des impressions plus vives qu'un acteur; une statue de cire, teintée des couleurs du corps humain, serait plus belle qu'une statue de marbre ou de bronze; la prose plus belle que les vers; la déclamation plus belle que le chant. Les artistes les plus minutieux seraient les premiers et les plus grands.

Il n'en est rien. Les artistes ne cherchent pas l'exactitude terre à terre. Ils font des imitations inexactes de parti pris. Leurs statues sont blanches, sans yeux; leurs dessins représentent avec du noir et du blanc les choses les plus colorées; leurs tableaux n'ont pas de relief; les plus nobles pièces de théâtre sont en vers; les personnages des romans les plus attachants sont imaginaires. L'imitation ne fournit que les matériaux bruts des œuvres.

Des êtres et des objets qu'ils ont vus, ils ne reproduisent que *certains rapports des parties :* dans un dessin, des proportions, des courbures, des angles; dans un tableau, la projection des couleurs sur un plan; dans un drame, l'enchaînement de certains sentiments et de certaines actions des personnages; dans une description, l'état du ciel, de la température, la manière d'être spéciale qui rend un lieu propre à émouvoir les héros, ces héros mêmes, mis en vedette, considérés indépendamment des vagues individualités visibles autour d'eux. Voyez la description éblouissante des arènes d'Aps en Provence, par laquelle s'ouvre *Numa Roumestan.* Rien de plus vivant, de plus coloré. Cependant, M. Alphonse Daudet ne s'est pas amusé à décrire individuellement chacun des milliers de Méridionaux dont se compose la foule qu'il fait voir. Elle n'est qu'un être collectif, dont les sentiments s'épanchent çà et là en un cri opportun; toujours ce cri nous montre l'admiration frénétique de cette foule pour son grand homme, pour son Numa qui incarne si bien son caractère expansif, son penchant à l'exagération, son inconstance et sa mobilité. Numa, sa famille, son entourage sont seuls bien en vedette, avec quelques types destinés à servir d'échantillons de la masse, avec le tambourinaire Valmajour dont la gloire, à la tête de sa farandole, prépare la décadence et le ridicule lorsqu'il s'exhibera dans un salon du ministère à Paris.

Enfin, l'artiste ne choisit pas seulement ces rapports; il les altère, les exagère ou les atténue pour rendre plus sensible un *caractère essentiel de l'objet.*

On ne voit pas beaucoup plus communément chez nous qu'ailleurs les corps superbes d'hommes et de femmes que Rubens a répandus dans ses tableaux : il n'a évidemment pas trouvé réunis chez ses modèles cette ampleur et cette souplesse des formes, cette abondance de chair sans obésité, ces carrures et ces croupes puissantes avec cette finesse des attaches et des extrémités, tout ce qui donne, dans son œuvre, l'idée d'une humanité supérieurement faite pour jouir de la vie physique dans son épanouissement le plus complet.

Les primitifs n'ont pas dû voir souvent non plus, dans les rudes et barbares conditions d'existence du moyen âge, ces *êtres diaphanes*, ces *figures d'extase*, cette finesse d'âmes à peine vêtues de chair, dans lesquels ils ont exprimé la piété mystique, cherché la beauté suprême par l'expression de la sainteté, traduit cette idée consolatrice de tout le moyen âge qu'on ne vit ici-bas que pour être infiniment heureux dans un autre monde.

Il n'y a jamais eu de don *Quichotte* prenant les moulins pour des géants, les outres pour des Maures, une sale paysanne puante pour l'incomparable *Dulcinée du Toboso* et Rossinante pour le meilleur des coursiers ; jamais d'homme aussi rossé, foulé, moulu, bafoué ; mais l'énormité de la bouffonnerie, sous laquelle perce un attendrissement, donne le coup de grâce à une époque et à une littérature, montre l'établissement d'un ordre nouveau sur les ruines de la chevalerie et de la féodalité, la succession du positivisme à l'imagination.

Les héros de tragédie renchérissent encore, pour plaire au Roi et aux grands, sur la bienséance de l'ancien courtisan, comme l'enfant du siècle concentre et pousse jusqu'à la démence les aspirations et les illusions courantes qui n'empêchaient pas les hommes du début de ce siècle d'être aussi raisonnables que d'autres.

Notre ciel est peut-être plus souvent maussade et gris qu'aucun autre : c'est à certains jours seulement qu'il s'égaye et s'illumine ; il est vrai que parfois alors, en Flandre et en Hollande surtout, l'atmosphère vaporeuse d'un climat maritime, tamisant et rétractant la lumière qui s'y joue, donne aux couleurs une variété, une finesse et un charme qu'elles n'ont guère ailleurs. C'est ce qui a frappé les peintres de l'école flamande, créateurs du paysage ; c'est cette magie changeante de la lumière qu'ils ont reproduite dans ses manifestations les plus raffinées, dans ses harmonies les plus rares.

Quand Alfred Verwée peignait ses vaches, il cherchait à traduire, dans le lustré de leurs robes, dans la rondeur opulente de leurs formes, dans la gaieté appétissante de leur couleur, toute la puissance nutritive, toute l'abondance attribuée aux pâturages humides et gras de la Flandre se transformant en viande dans l'organisme des ruminants.

Quand M. Frédéric peignait ses *Ages du paysan*, qui sont au Musée de Bruxelles, il avait été frappé de l'abrutissement et de l'enlaidissement produits dans la race par le travail ingrat, la vie trop dure, la continuelle préoccupation de l'existence matérielle, tout ce qui fait reparaître chez l'homme les traits de la brute.

On multiplierait les exemples à l'infini : toujours l'artiste, à quelque école qu'il appartienne, quelque sujet qu'il traite, est parti de l'imitation et a extrait, condensé, combiné les éléments naturels pour mettre en vedette le caractère qui l'a frappé, que son œuvre doit exprimer mieux que la nature même.

Le roman naturaliste n'y manque pas. M. Émile Zola en fournit des exemples d'autant plus typiques qu'il est, pour la masse, l'incarnation même du Naturalisme, qu'il en a été, pour les lettrés, le porte-drapeau et le porte-paroles ; qu'il l'a défendu, expliqué, proclamé dans ses critiques; vulgarisé, popularisé dans ses romans: le Naturalisme a reçu bien des coups portés à Zola, de même que Zola a été souvent le bouc émissaire du Naturalisme.

A Zola est allé souvent le reproche d'imitation servile dont nous parlons ; on a dit que c'était un *photographe* de lettres, instantanéisant, sans art, les laideurs humaines ; on a soutenu en même temps, par une contradiction assez curieuse, qu'il exagérait ces laideurs à plaisir. La seconde vision a raison. C'est plutôt dans sa tendance à l'exagération et au grossissement qu'il faudrait chercher le trait distinctif de son tempérament d'écrivain. M. Jules Lemaître a ingénieusement montré [1] que c'est un *outrancier*. Comme c'est souvent au vice qu'il s'en prend, il le montre brutal, grossier, énorme, accaparant tout l'individu. C'est qu'il le voit tel avec sa sensibilité à lui; c'est qu'il en est obsédé comme une dévote de l'idée du péché.

Tout ce que l'on sait de son existence privée, assez retirée, établit qu'il est loin d'être un vicieux; on s'accorde à lui reconnaître une tenue, une dignité de vie peu communes. Il n'a pas d'indulgence pour le vice; il ne s'y frotte pas à plaisir; il en est préoccupé plutôt malgré lui; il le voit noir, il le voit gros. Lisez la préface de l'*Assommoir :*

« J'ai voulu peindre la déchéance d'une famille ouvrière
« dans le milieu empesté de nos faubourgs; au bout de
« l'ivrognerie et de la fainéantise, il y a le relâchement des liens
« de famille, les ordures de la promiscuité, l'oubli progressif
« des sentiments honnêtes, puis, comme dénouement, la honte
« et la mort. C'est de la morale en action, simplement. »

On découvre, sous le romancier, le moraliste; sous les crudités de l'écrivain, les emportements d'un prophète de la Bible.

Voyez comment il arrive à réaliser la condition essentielle de l'œuvre d'art, à faire ressortir le caractère corrupteur de l'alcool, qu'il a défini dans ces quelques lignes. Il choisit dans la grande ville qu'il connait bien le coin de faubourg où la démoralisation lui parait la plus profonde; dans ce coin, la maison qui lui parait la plus propre à abriter cette démoralisation, un de ces caravansérails où des centaines d'êtres humains, entassés, se communiquent fatalement leurs instincts et leurs mœurs comme leurs maladies. Dans cette maison, il distingue une famille tarée, à laquelle il donne pour parentage et pour entourage une collection d'ivrognes, de pares-

[1] *Les Contemporains*, tome I.

seux, de drôlesses, d'égoïstes qui semblent s'acharner à la perdre. Il dresse à quelques pas l'Assommoir au comptoir flamboyant. Il extrait et fait voir, de la vie de ses héros, tout ce qui doit les conduire à la déchéance. Il condense véritablement en eux l'ivrognerie, la paresse, la luxure, dont il veut décrire l'abomination.

Il accumule de même dans la maison au majestueux escalier de *Pot-Bouille* tous les types de bourgeois hypocrites, débauchés, égoïstes, mesquins qu'il a pu rencontrer dans dix, dans cent maisons éparses. Ce n'est pas là la bourgeoisie! Ce n'est pas là le peuple! proteste-t-on. Eh! non... C'est une certaine manière d'être des ouvriers et des bourgeois sur laquelle il veut attirer l'attention, qu'il nous expose en les exagérant, pour mieux nous frapper l'imagination, dans quelques individus d'exception, comme les poètes épiques ont rapporté les malheurs et les hauts faits de races entières en les symbolisant dans quelques héros, en attribuant à ceux-ci les aventures et les travaux de légions humaines.

Il agit de même lorsque pour peindre l'horreur de la guerre, la désorganisation de certains corps de l'armée française pendant la guerre de 1870-71, il enrôle les personnages de *La Débâcle* dans la compagnie la plus malchanceuse qui puisse en avoir fait partie. Aucune des compagnies de cette armée n'a été sans doute aussi mal commandée, n'a aussi constamment manqué d'ordres et de vivres, n'a été soumise à des étapes aussi épuisantes, surprise aussi souvent par l'ennemi à l'heure de la soupe, exposée et décimée en tant de points les plus dangereux; aucune n'a été aussi souvent affamée, épuisée, trempée, égarée; aucune n'a compté autant de mauvais soldats jetant leurs armes à tous les coins des routes; aucune n'a manqué au même point de l'illusion et de l'espérance qui soutiennent le courage.

Mais le caractère de l'œuvre d'imagination, de l'œuvre d'art ressort précisément de cette constance dans la mauvaise fortune; tant de malheurs réitérés, tombant sur les mêmes hommes, produisent le formidable crescendo d'horreurs qui fait son explosion suprême dans ces journées où l'armée des prisonniers, enfermée dans cette presqu'île formée par une boucle de la Meuse, semble condamnée à mourir de faim, comme l'armée des mercenaires de *Salammbô* dans le défilé de la Hache, où nous assistons à cet assassinat hideux d'un vieux cheval exténué que les soldats affamés égorgent avec un *canif et mangent tout cru*. L'effet est si intense que cette horrible boucherie vous fait penser, malgré vous, à un abominable sacrifice humain, qu'on se demande si Zola n'y a pas pensé lui-même.

Nulle part l'exagération artistique de la chose observée n'est plus évidente, chez Zola, que dans la nouvelle d'une cinquantaine de pages qu'il a intitulée : *La fête à Coqueville*. Il aura vu au bord de la mer, quelque dimanche, des pêcheurs occupés à vider un tonneau de liqueur inconnue, épave d'un navire naufragé jetée à la côte par une marée ; il aura vu, pendant la ripaille, une paire de camarades brouillés se réconcilier à la faveur de l'attendrissement produit par un alcool généreux sur de robustes natures habituées à la vie en plein air. Cela devient *La fête à Coqueville*.

Il imagine, dans un trou perdu de la côte normande, deux familles rivales, les Mahé et les Floche, auxquelles s'affilient tous les habitants; cela fait deux partis dont la haine se manifeste particulièrement dans l'animosité régnant entre Fouasse et Tupain, un Floche et un Mahé, fils de même mère, mais de pères différents; dans le mépris de la belle Margot, une Floche qui représente le plus riche parti du village, pour son soupirant Delphin, un Mahé sans le sou, qu'elle gifle à toute occasion; dans la situation tendue de Rouget, un Mahé, et de Brisemotte, un Floche : le second fait la cour à Marie, la femme du premier.

Mais voilà qu'au lendemain d'une tempête, le bateau des Mahé rentre avec ses trois hommes d'équipage béatement ivres-morts à côté d'un tonneau vidé d'un breuvage inconnu. Le bateau des Floche, de son côté, pêche un tonneau du même genre. Et voilà que la mer se couvre de petits tonneaux, remplis de choses délicieuses à boire, jetés par-dessus bord, sans doute, pendant la tempête, par un navire qui devait alléger sa cargaison. Les pêcheurs n'ont qu'à les harponner. Bientôt même, ils ne doivent plus se donner cette peine : la mer leur apporte les tonneaux à terre, les jette à la côte.

Alors, une vaste bombance s'organise. Deux tables, celle des Mahé, celle des Floche, se dressent sur le rivage ; autour de ces tables, chaque clan vide les tonneaux que la fortune lui attribue. Ce qui excite la soif générale, c'est que pas deux de ces tonneaux ne contiennent de liqueurs pareilles. Il y en a de toutes les couleurs : des rouges, des jaunes, des brunes, des blanches, des vertes, même des bleues ; il y en a de tous les goûts : crèmes, élixirs, cognac, rhum, bénédictine, chartreuse, raki, kummel, slivovitz ; des choses qui brûlent, des choses douces, des choses étranges et indéfinissables. Et cette grande beuverie produit des phénomènes inattendus.

Le premier tonneau a été pêché le lundi. Le mercredi, les Floche et les Mahé, qui ne dînent plus, qui ne travaillent plus, s'égayent tellement qu'ils oublient de se quereller ; le vendredi, ils fraternisent, ils trinquent ensemble, ils rentrent se coucher en s'aidant mutuellement ; le samedi est marqué par la réconcialition, à jamais inespérée, de Fouasse et de Tupain, les deux frères ennemis.

Cependant, la maison de factage du Havre qui achète la pêche de Coqueville se demande avec inquiétude ce que le village est devenu. Elle envoie, le lundi matin, un commis savoir ce qui s'y passe. Il trouve la rue vide, les maisons vides, les lits défaits. Coqueville est-il mort ? A-t-il succombé à un cataclysme ? Non !... Coqueville git sur la plage, endormi, réconcilié, autour des neuf derniers tonneaux complètement bus ; Coqueville ronfle ; Tupain et Fouasse la main dans la main ; Marie entre Rouget et Brisemotte ; Delphin et Margot au cou l'un de l'autre, le père de Margot couché au-dessus de leurs têtes, comme un homme satisfait d'avoir casé sa fille, le garde champêtre étendu à leurs pieds, comme s'il avait présidé à leur union.

Tout cela est caricaturalement excessif ; l'animosité générale des deux clans, la variété des liqueurs, la quantité des tonneaux vidés par une population de deux cents âmes, la cordialité de la réconciliation, l'énormité de la noce, le ronflement général... Mais tout cela est bien loin aussi de l'imitation servile; cela a un caractère d'autant plus frappant qu'il contraste mieux avec cet autre caractère si navrant de l'ivrognerie, mis en relief dans l'*Assommoir*.

On connaît peu la *Fête à Coqueville;* il y a peu des choses, cependant, dans l'œuvre de Zola qui synthétisent mieux sa manière, son procédé artistique.

Celui-ci est encore bien visible dans *Thérèse Raquin*, cette sombre et terrifiante peinture de l'ennui et du remords. Quel ennui que celui de Thérèse, de cette jeune femme ardente, pleine de vie, née sous le ciel de l'Algérie lumineuse, réduite à vivre dans l'atmosphère étouffante d'une étroite boutique de mercerie, au fond de ce lugubre petit Passage du Pont-Neuf, si sombre que par les plus chauds soleils, c'est à peine si une clarté blanche tombe de son vitrage trouble. La première fois qu'elle y est entrée, « elle a cru descendre dans la terre grasse d'une fosse ». Elle est mariée à son cousin Camille, un infirme qui la dégoûte, qui la dégoûtait déjà toute petite par son odeur fade d'enfant malade, dont elle devait prendre les médecines pour lui donner l'exemple. Son mari, le soir, lit Thiers, Buffon, Lamartine. Pour toute distraction, elle a des thés du jeudi, réunissant autour de la table trois ou quatre imbéciles, plus ennuyeux que le silence et la solitude.

Cependant, Camille ramène au logis un ancien camarade longtemps perdu de vue, Laurent, grand garçon miséreux, un peu peintre, qui tout de suite accapare l'attention de Thérèse par les gaillardises des histoires qu'il lui conte. Ce don Juan banal fait événement dans sa vie morne; et la première fois qu'ils sont seuls, la faute prévue est consommée; elle est si bien préparée par l'immensité de l'ennui où se débat Thérèse qu'elle paraît fatale.

Mais alors, au premier obstacle que rencontrent les rendez-vous des deux amants, l'idée du crime leur vient : il s'accomplit si vite, et paraît tellement nécessaire aussi que la noyade de Camille, poussé à l'eau par Laurent pendant une promenade en bateau, semble dénouer une situation.

Cependant, le remords surgit bientôt et se matérialise après la première satisfaction que donne aux coupables la certitude de l'impunité. Il naît d'abord chez Laurent à la vue du cadavre verdâtre, hideux du mari, qu'il a bien dû aller reconnaître à la morgue, pour établir le veuvage de Thérèse et pouvoir l'épouser. Il commence par la peur, par les frissons que l'assassin éprouve en passant devant la porte noire d'une cave lorsqu'il rentre chez lui. Il s'affirme dans la douleur cuisante laissée à son cou par la morsure que Camille lui a faite en se débattant. Il prend forme dans les cauchemars qui hantent son sommeil et celui de Thérèse.

Ils ont hâte de se marier pour ne plus être seuls la nuit. Le mariage est d'ailleurs approuvé, encouragé par la mère même de Camille, qui n'a rien soupçonné. Mais quelle nuit de noce que celle de ces deux malheureux ! Quelle déception ! Que leur malaise est loin de se dissiper lorsqu'ils se trouvent ensemble ! Ils demeurent dans des fauteuils, au coin du feu, n'osant s'approcher l'un de l'autre. Car le spectre de Camille s'asseoit entre eux, ne les quitte plus. Tout ce qu'ils se disent, malgré eux, fait allusion à *lui*. Un mauvais portrait du mort, brossé par Laurent, et resté accroché à la muraille, les terrifie par sa couleur cadavérique. Ils croient son âme entrée dans le chat qui gratte à la porte ; et lorsque Laurent jette le chat par la fenêtre, c'est comme un nouvel assassinat qu'il commet. Lorsqu'après bien des nuits passées dans des fauteuils, ils osent enfin se jeter tout habillés sur le lit, ils sentent que le cadavre de Camille couche entre eux. Ils ont toujours l'hallucination de son corps humide et froid, comme un lambeau verdâtre et dissous. L'intimité qu'ils cherchaient leur est encore plus lourde que la solitude.

Maintenant, ils ne sont heureux que lorsqu'ils ne sont plus ensemble. Ils souhaitent le retour de ces réunions du jeudi qui les ennuyaient tant. Mais Mme Raquin, qui vit avec eux, devient paralytique, incapable de parler; et les voilà condamnés pour toujours au tête-à-tête dont ils ont horreur. Laurent essaye de se remettre à la peinture : toutes les têtes qu'il dessine ressemblent à Camille. Il se prend à détester Thérèse, qui de son côté en vient à regretter Camille, à faire son éloge; ils se querellent, se reprochent le crime; Laurent souffre toujours cruellement de sa morsure qui ne guérit point : c'est comme si une bête le dévorait. Des mots, ils passent aux coups, se querellent, se jettent chacun de son côté dans la basse débauche pour oublier, sont sur le point de se dénoncer réciproquement. Enfin, chacun a pris le parti de tuer l'autre pour en finir : et un soir que Laurent est en train de verser de l'acide prussique dans l'eau sucrée de Thérèse, il l'aperçoit, dans la glace, marchant sur lui un couteau à la main. Et dans leur désespoir, ils s'empoisonnent tous les deux.

C'est toujours, on le voit, la même « accumulation d'effets dans le même sens », le même effort pour la mise en relief du caractère saillant, ici la douleur cuisante du remords!

Zola ramène souvent l'action d'un personnage à un seul trait typique, originairement observé, mais renforcé, isolé, sur lequel il repasse sans cesse. On a ainsi noté, dans *Germinal :* La Maheude famélique qui a toujours la petite Estelle pendue à sa mamelle; Chaval, le brutal toujours à « gueuler »; Alzire, l'enfant douce et bossue, qui fait toujours la petite femme de ménage; le père Bonnemort, toujours lançant ses crachats noirs de vieux houilleur aux poumons pleins de charbon; la Brûlée, toujours hurlant de colère, toujours agitant ses bras de sorcière; Souvarine, le nihiliste toujours silencieux et fumant des cigarettes; la Mouquette, toujours montrant son derrière; le cheval Trompette, toujours hanté d'une vision de prés et de soleil. L'œuvre de Zola est pleine de ces types, toujours exagérés dans une même attitude, une même occupation, et qui laissent dans la mémoire un souvenir profond, inoubliable.

Pour faire mieux sentir l'influence des objets sur les êtres, il a une tendance à animer les choses d'une vie fantastique, à leur attribuer le pouvoir de manifester aussi un caractère dominant. On voit ainsi dans *Germinal*, le Voreux, le charbonnage mangeur d'hommes, qui attire les houilleurs dans ses flancs, qui vit si bien qu'il expie ses crimes à la fin, dans une horrible convulsion, lorsque sa grande cheminée s'engloutit dans le sol; dans la *Bête humaine*, la locomotive blessée une première fois en faisant un effort pour franchir un paquet de neige tombé sur la voie, qui demeure impotente, incapable de l'effort nécessaire pour s'arrêter à temps lorsque surgit devant elle le fardier chargé de pierres sur lequel elle va se briser; dans la *Faute de l'abbé Mouret*, le Paradou fantastique où tout fleurit avec une vigueur magique, dont les fleurs ont une puissance aphrodisiaque qui affole Serge et Albine; dans l'*Assommoir*, le comptoir brillant du père Colombe, qui fascine les ouvriers, l'alambic pareil à un animal qui leur verse l'ivresse abrutissante, la colère, la luxure du bout de son bec recourbé.

A l'amour aussi Zola donne une interprétation qui n'est pas moins caractéristique. Le romantisme, comme les classiques, en avait exclu les matérialités, tout le côté physiologique. Zola a pu donner à ces matérialités une prépondérance trop exclusive d'où est résultée une conception simpliste, brutale, méprisante, presque haineuse de l'amour; c'est presque toujours un désir soudain, créé par le tempérament, mis en jeu par l'influence des conditions atmosphériques : un orage, l'ardeur du soleil, la saison, excité par un détail physique obsédant : les cheveux, la tournure, l'éclat des yeux, le grain de la peau de l'être désiré. Le hasard domine la passion; elle est aussi involontaire que le rapprochement d'un grain de pollen apporté par le vent et d'un pistil; elle est due à des forces naturelles, mystérieuses; elle éclate impérieusement à la première rencontre; elle a, par ce côté, quelque chose du traditionnel coup de foudre; l'acte irrévocable se produit à la première occasion. L'homme est toujours brutal; la femme, passive, se défend peu. L'animalité et la fatalité sont les traits dominants de l'aventure qui, ainsi présentée, devient presque toujours odieuse ou ridicule quand elle n'a pas pour héros deux êtres très jeunes et très beaux comme Sylvère et Miette, le Daphnis et la Chloé de la *Fortune des Rougon*. Conception incomplète, discutable sans doute, mais dont le parti pris même répond aux conditions de l'œuvre d'art, justifie bien la définition célèbre qu'il en a donnée lui-même : « Un coin de la création vu à travers un tempérament. »

Nous avons emprunté à la *Philosophie de l'art* la définition la plus positive que l'on ait donnée de l'œuvre d'art. Nous avons montré comment elle s'applique aux œuvres de l'écrivain naturaliste auquel on a le plus souvent adressé le reproche de manquer d'art, de faire de la photographie, de servir des *tranches de vie* toutes crues. Il serait aisé de montrer comment s'y adaptent les œuvres typiques d'autres écrivains de l'école. C'est un travail d'application qui ne peut trouver place ici, mais qui montrerait comment ils ont su dégager la note d'art, des individualités et des paysages les plus dédaignés.

Nous signalerons seulement, comme un exemple frappant, la façon dont les Goncourt ont rendu le sentiment touchant des pauvres paysages des confins de Paris, de ces paysages où la nature malingre apparaît avec une grâce maladive entre les œuvres des hommes. L'entrée des champs, où Germinie Lacerteux monte, le soir, avec Jupillon, a cette grâce-là. Ceux qui aiment la Nature, qui la comprennent même sous ces salissures humaines, qui ont besoin de la respirer comme les pauvres gens qui vont se promener le dimanche dans les campagnes couvertes d'industrie qui avoisinent les faubourgs, admireront cette description de la Bièvre, sur les bords de laquelle ils ont placé, dans *Manette Salomon*, les paysages qu'ils font prendre au bonhomme Crescent ; c'est bien l'émotion que vous donne « cette espèce de malheureuse nature, la nature de Paris » ; on s'attendrit devant « le style de misère, la

« pauvreté, le rachitisme mélancolique de ces prés râpés et « jaunis par places, serrés dans de grands murs, arrosés par « la Bièvre étroite, sèchement ombragés de peupliers et de « petits bouquets de saules ». On se rappelle la tristesse qu'on a éprouvée devant « ces chemins noirs de houille qui vont le « long de ces carrés marécageux où pâturent des rosses; ces « lignes d'horizon et de collines bossues où éclate un blanc « brutal de maison neuve; ces sentiers à côté de champs de blé « blanchissant au soleil, où finissent les réverbères à poteaux « verts ». Il y a quelque chose de neuf, de délicatement compréhensif dans cette pitié pour « la salissure d'une rivière qui travaille ». Comme ce Crescent dont ils parlent, les Goncourt ont su de cette pauvre rivière opprimée, de cette nature maigre, malsaine, « dégager l'impression, le sentiment, presque la souffrance ».

II

Le naturalisme est une école d'immoralité.

Voilà un bien vieux procès. On le recommence périodiquement, avec les mêmes arguments du côté de l'accusation et du côté de la défense. Théophile Gautier, qui n'était pas un naturaliste, l'a plaidé brillamment, dans la préface de *Mademoiselle de Maupin*, à propos des feuilles de vigne que le vicomte Sosthène de la Rochefoucauld, fonctionnaire de l'administration des beaux-arts, voulait mettre aux statues de Paris. Il a dit leur fait aux gens « qui ont l'habitude de regarder les statues à de certains endroits ». Il y a des gens qui regardent aussi les livres à ces endroits-là. Nous ne parlerons pas d'art à ces malades qui ne voient que le déshabillé, le détail obscène d'un groupe ou d'un tableau, la page scabreuse ou le mot cru d'un livre, qui croient l'un et l'autre faits pour ce détail ou ce mot-là, qui ne peuvent comprendre qu'ils n'entrent que comme éléments secondaires, quoique nécessaires, dans une composition générale.

Si le roman naturaliste est immoral, il faut convenir que le public s'intéresse étrangement à son immoralité : car ce sont précisément ses échantillons les plus critiqués à cet égard qui sont les plus demandés chez les libraires, qui atteignent le plus d'éditions! Il faut toujours en revenir à la sage appréciation de Théophile Gautier :

« Les livres suivent les mœurs et les mœurs ne suivent pas les livres. La Régence a fait Crébillon, ce n'est pas Crébillon qui a fait la Régence. Les petites bergères de Boucher étaient fardées et débraillées, parce que les petites marquises étaient fardées et débraillées. Les tableaux se font d'après les modèles et non les modèles d'après les tableaux. Je ne sais qui a dit je ne sais où que la littérature et les arts influaient sur les mœurs. Qui que ce soit, c'est indubitablement un grand sot. C'est comme si l'on disait : Les petits pois font pousser le printemps; les petits pois poussent, au contraire, parce que c'est le printemps, et les cerises parce que c'est l'été. Les arbres portent les fruits et ce ne sont pas les fruits qui portent les arbres assurément, loi éternelle et invariable dans sa variété; les siècles se succèdent et chacun porte son fruit qui n'est pas celui du siècle précédent; les livres sont les fruits des mœurs. »

La littérature naturaliste n'est pas plus immorale qu'une autre ; tout au contraire. Toute la querelle découle, en somme, d'un malentendu qui, du reste, tend à se dissiper. (Car de fort honnêtes gens vont aujourd'hui demander l'*Assommoir* chez le libraire sans rougir, peut-être parce qu'ils se sentent une vertu plus résistante que ceux qui rougissaient, autrefois, de l'aller demander.)

Beaucoup de lecteurs admettent fort bien le vice, pourvu qu'il leur soit présenté sous une parure ou un déguisement agréable. Or, il est de l'essence du Naturalisme de le leur présenter tel qu'il est, de le rendre même encore plus vilain qu'il n'est, et c'est là ce qui les fait crier. L'auteur naturaliste ne se croit pas obligé de vous faire un sermon sur les choses répréhensibles qu'il vous montre. Il vous estime assez grand garçon pour comprendre tout seul qu'elles sont répréhensibles. Ce sont les conséquences du vice, les regrets, les chagrins, les malheurs qu'il engendre rendus sensibles par le livre qui doivent exercer sur vous un effet salutaire. S'ils y manquent, c'est vous qui manquez de la conscience nécessaire pour comprendre ce que vous lisez.

L'auteur naturaliste ne se plait pas à décrire ce qu'il y a de riant et de joli dans le mal, comme tant d'autres qui passent pour les plus recommandables du monde; il vous dit carrément ce qu'il y voit de triste, de répugnant, de grotesque. Il le combat aussi par le ridicule, par l'ironie. Il n'est pas grivois comme les gentils vieux auteurs que vous trouvez peut-être charmants. Il ne s'amuse pas à voir trousser les tendrons et renverser les fillettes sur l'herbette, sans s'inquiéter autrement de ce qui s'ensuit. Il sait que les amusements d'un Trublot ont pour conséquence la scène de la mansarde de *Pot-Bouille*.

Il ne vous peint pas l'amour comme un joli jeu facile et fleuri. Il le montre comme une sorte de besoin fatal et le fait accompagner de tout son triste cortège de désespoirs et de responsabilités. Il sait que c'est souvent un mal qui fait souffrir et qui tue. *Nana* a dégoûté les boulevardiers qui ont déclaré la débauche parisienne plus gaie, plus fine, plus spirituelle. *Nana* calomniait cette aimable débauche! Livre immoral! Eh! c'est que précisément Zola n'avait pas voulu la glorifier, en prendre la belle humeur, le parfum, le luxe. Il ne l'avait pas vue « à travers un nuage de poudre de riz ». Il l'avait trouvée malpropre et bestiale, il l'avait montrée telle, et cela n'impliquait, semble-t-il, aucune approbation.

On lit avec stupeur aujourd'hui, car quelques années suffisent pour imposer au respect les œuvres qui ont d'abord paru les plus blâmables, le réquisitoire de M. Ernest Pinard, avocat impérial, qui traina, en 1857, Gustave Flaubert en cour d'assises parce qu'il avait écrit *Madame Bovary!* Y a-t-il rien pourtant de plus édifiant que l'histoire de cette pauvre Emma Bovary? Rien de plus instructif pour les jeunes femmes romanesques.

Une exaltée de village, troublée par les romans à grandes passions. Elle a commencé par lire *Paul et Virginie* et rêvé d'être Virginie, de se promener avec un Paul de son goût sous une feuille de palmier. Puis sont venus les romans d'aventures. « Ce n'étaient qu'amours, amants, dames persécutées, postil- « lons tués, chevaux crevés, troubles du cœur, serments, « sanglots, larmes et baisers, nacelles au clair de lune, rossi- « gnols dans les bosquets, *messieurs* braves comme des lions, « doux comme des agneaux, toujours bien mis et pleurant « comme des urnes. » Et elle a rêvé encore à tout cela. Passant à Walter Scott, elle a voulu être châtelaine, avoir un balcon où l'on monte par une échelle de soie. Alors elle s'est bercée dans les romances peuplées de petits anges, de madones, de lagunes, de gondoliers, « et laissant entrevoir à travers » les niaiseries du style l'attirante fantaisie des réalités ».

Elle ira aux réalités le moment venu. Elle épouse un brave garçon un peu simple, un peu lourd, malheureusement, qui lui devient bientôt insupportable. Elle cherche une autre distraction. C'est d'abord l'amour platonique avec un clerc de notaire; puis la rencontre d'un chasseur brutal qui lui fait une cour très positive avec des phrases bleues de roman comme elle les aime : « Le devoir, c'est de sentir ce qui est « grand, de chérir ce qui est beau et non d'accepter les con- « ventions de la société,... la morale éternelle est au-dessus « de tout comme le ciel... » Elle devient sa maîtresse, et tout bêtement ; elle l'adore, veut se faire enlever ; il l'envoie promener ; elle pense mourir de son refus, mais n'en est pas corrigée. Après un intermède de dévotion, elle retrouve son clerc de notaire devenu plus expérimenté : et le rêve de gondoles et d'échelles de corde se réalise encore une fois, mais dans un fiacre, dans ce fameux fiacre aux stores baissés dont la promenade fit scandale parmi les gens vertueux de l'époque et qui est bien pourtant le plus désillusionnant temple de l'amour que l'on trouve dans la littérature.

Pauvre Bovary! Elle retrouve dans la faute tout ce qui l'offusquait dans le devoir; plus elle veut sortir de la prose légitime, plus elle s'embourbe dans la prose illicite ; elle se met dans des embarras d'argent pour faire des cadeaux à ses amants et, affolée, finit par s'empoisonner avec de l'arsenic qui la fait horriblement souffrir.

Quelle leçon! Et l'avocat impérial Pinard ne l'a pas comprise; de cette lamentable histoire et de ses enseignements, il n'a vu que les déshabillages, le linge de femme, les moments d'abandon. Son flair l'a attiré vers ces choses comme vers des truffes. Il n'a pas compris un instant qu'on n'avait rien écrit de plus sévère pour l'adultère que *Madame Bovary!*

Comparez au sentimentalisme des romans de George Sand et des idéalistes Feuillet, Sandeau, etc. George Sand peignait la vie non telle qu'elle est, mais telle qu'elle désirait qu'elle fût. Voilà qui est bienfaisant, n'est-ce pas? Voilà qui rend meilleur! Elle vous conduisait dans un monde imaginaire où ses rêves étaient réalisés. Un jeune homme et une jeune femme un peu dégoûtés de la vie réelle sortaient de ce monde charmant armés pour la révolte, prêts à toutes les folies. « Les femmes se déclareront incomprises, les hommes croiront à la sainteté des passions. »

Quelle excitation que cette célébration perpétuelle de l'amour libre, paré et fardé, que cette réprobation du mariage, que ces plaidoyers pour l'irrégularité, si durement et si justement jugés par Proudhon [1]; lisez seulement, avec votre bon sens, *François-le-Champi*, et dites s'il y a rien de plus répugnant que cette passion d'un tout jeune homme pour une femme mûre qui l'a élevé, pour laquelle il ne devait avoir que le respect absolu de l'amour filial. Le manque de sens moral est flagrant dans cet inceste à l'eau de rose.

Il y a un parallèle piquant à faire entre *Manette Salomon* et la *Vie de bohème*, deux paraphrases, l'une naturaliste, l'autre romantique, du même thème : il faut que jeunesse se passe.

Nous avons tous dévoré la *Vie de bohème*. Cela est d'une fantaisie admirable! Cela est prodigieusement divertissant.

[1] *De la Justice dans la Révolution et dans l'Église.*

Cela nous a tourné la tête quand nous étions très jeunes. Les pères ont été indulgents pour les fils qui cachaient ce chef-d'œuvre dans leur pupitre. Ah! cette bohème, quel pays de Cocagne! Comme on s'y amusait! Qu'on y était heureux dans la misère! Comme on y jeûnait allègrement! Comme c'était drôle d'y avoir faim! Quelle belle jeunesse insouciante! Quelles bonnes niches elle fait aux propriétaires et aux créanciers! Que Schaunard, Marcel, Rodolphe, Colline étaient de charmants garçons! Ils ont tous été nos camarades. Et quelles délicieuses maîtresses que les leurs : nous avons tous été amoureux de Mimi, de Phémie, de Musette. Voyez ce portrait de Musette :

« Mademoiselle Musette était une jolie fille de vingt ans, » qui, peu de temps après son arrivée à Paris, était devenue » ce que deviennent les jolies filles quand elles ont la taille » fine, beaucoup de coquetterie, un peu d'ambition et guère » d'orthographe. Après avoir fait longtemps la joie des sou- » pers du quartier Latin, où elle chantait d'une voix toujours » très fraîche, sinon très juste, une foule de rondes campa- » gnardes qui lui valurent le nom sous lequel l'ont depuis » célébrée les plus fins lapidaires de la rime. Mademoiselle » Musette quitta brusquement la rue de la Harpe pour aller » habiter les hauteurs cythéréennes du quartier Bréda.

» Elle ne tarda pas à devenir une des lionnes de l'aristo- » cratie du plaisir, et s'achemina peu à peu vers cette célébrité » qui consiste à être citée dans les courriers de Paris ou litho- » graphiée chez les marchands d'estampes.

» Cependant, Mademoiselle Musette était une exception » parmi les femmes au milieu desquelles elle vivait. Nature » instinctivement élégante et poétique, elle aimait le luxe et » toutes les jouissances qu'il procure; sa coquetterie avait » d'ardentes convoitises pour tout ce qui était beau et distin- » gué; fille du peuple, elle n'eût été aucunement dépaysée » au milieu des somptuosités les plus royales. Mais Made- » moiselle Musette, qui était jeune et belle, n'aurait jamais » voulu consentir à être la maîtresse d'un homme qui ne fût » pas comme elle jeune et beau. On lui avait vu une fois refuser

« bravement les offres magnifiques d'un vieillard si riche
« qu'on l'appelait le Pérou de la chaussée d'Antin, et qui
« avait mis un escalier d'or au pied des fantaisies de Musette.
« Intelligente et spirituelle, elle avait aussi en répugnance les
« sots et les niais, quels que fussent leur âge, leur titre et
« leur nom.

« C'était donc une brave et belle fille que Musette, etc... »

Cette phraséologie continue. Cette glorification s'étale. Élevons un autel à Musette, la gaillarde si friande de beaux jeunes hommes! Ah! elle ne ressemblait ni à Sapho, ni à Élisa, ni à Nana, ni à Lucie Pellegrin, ni à toutes les tristes héroïnes de la noce que nous montrent les naturalistes. On avait, au temps de Mürger, une idée autrement aimable de la fille de joie qu'à présent. On l'appelait la grisette, la lorette : nous avons de moins jolis mots pour la désigner!

A peine quelques ombres au tableau de Mürger : deux femmes qui meurent de consomption, Francine et Mimi, celle-ci à l'hôpital. Ça, c'est moins *drôle*; mais on n'y prend pas garde; ces scènes fâcheuses sont reléguées dans un petit coin; on sent qu'elles ne sont là que pour faire antithèse avec le reste.

Et puis, tous les personnages, un beau jour, se rangent, deviennent riches, célèbres, font des héritages, des mariages sérieux : Marcel vend ses tableaux à d'anciens amants de Musette, qui se marie aussi. Et cela finit par des chansons. On savait que cela finirait bien...

Il serait naïf de s'arrêter aux déceptions des jeunes gens qui ont cru — oh! il y en a — à ce joli conte de fées; on sait où la vie de bohème, la vraie, a mené le pauvre Mürger.

Comme *Manette Salomon* présente plus véridiquement les choses! Naz de Coriolis, jeune peintre d'espérance, honnête homme, ayant du bien, s'éprend d'un modèle, Manette, dont il veut que la beauté soit toute à lui. Il l'attire chez lui, non sans rencontrer quelque résistance. Elle est fidèle, elle le soigne quand il est malade. Elle mène bien son ménage, vaut beaucoup mieux, à tout prendre, que les donzelles de la *Vie de bohème*. Mais voici le danger : l'asservissement fatal de l'artiste, absorbé par son art, à une volonté têtue, à une intelligence étroite mais tenace de femme : le collage, comme on dit aujourd'hui.

Un enfant vient. Vous remarquerez que les insouciantes jeunes femmes de la *Vie de bohème* n'en ont jamais, ce qui n'est pas ce qu'elles présentent de moins extraordinaire. Alors, le mal est sans remède. Manette englue de plus en plus Coriolis que l'on voit, au dernier chapitre, vieilli, le dos courbé, entrer honteusement à la mairie pour épouser l'ancien modèle.

Fameuse leçon pour la jeunesse! Et les bohèmes qui gravitent autour du couple n'ont pas la vie douce. Les maîtresses ne les recherchent guère, mal vêtus et sans le sou comme ils sont. Ils ont l'occasion de commenter le *qui non laborat non manducet* de l'écrivain ecclésiastique. Ils connaissent la vraie misère et ses déchéances; ils glissent dans les bas-fonds ouverts sous ceux qui n'ont pas le sou. Le repoussoir, c'est le ménage de Crescent, l'artiste pauvre mais laborieux, qui est bravement entré dans la régularité en épousant une paysanne, une honnête fille digne d'être élevée au rang d'épouse, qui a abordé la vie en face, par le grand chemin, et qui, entre sa femme, ses poules, ses lapins, dans sa simple cabane, acquiert une grandeur, une dignité imposantes.

On a vivement reproché au Naturalisme sa conception de l'amour, laquelle, dissipant le nuage rose dont l'enveloppait la littérature d'antan, a fait entrevoir les réalités du commerce des sexes. On trouvera peut-être, quand on aura une idée plus nette des choses, que c'est précisément là son meilleur titre de considération. Nous ne parlons point, s'entend, des livres grivois qui lui ont emprunté une étiquette pour spéculer sur les basses curiosités et les goûts dépravés de certains lecteurs.

Il faut avoir le tact de distinguer dans une production littéraire entre ce qui mérite le titre d'œuvres d'art et certains objets de commerce interlope.

Il serait délicat, sans doute, de commenter ici, à ce point de vue, des livres qui n'ont pas été écrits pour les jeunes filles, évidemment. Il est un point cependant sur lequel il est permis d'attirer l'attention : à savoir que le Naturalisme a introduit, dans l'action du roman, le résultat normal et la fin naturelle de l'amour, si souvent négligés ou passés sous silence par les romantiques et les idéalistes ou considérés comme accidents rares et négligeables : il a fait place à l'enfant.

La pensée de l'enfant qui peut naitre ou les droits de celui qui est né changent tout à fait l'aspect des aventures sentimentales ou érotiques, leur enlève tout caractère badin. C'est l'enfant qui en devient le personnage intéressant ; c'est lui qui est la raison déterminante et le but naturel de l'amour. C'est lui seul qui, vu les exigences de la conservation de l'espèce, le rend intéressant au point de vue social. C'est lui qui fait comprendre que la génération d'aujourd'hui n'a d'autre raison d'être que de préparer la génération de demain.

Nous voilà loin de l'échange de fantaisies et du contact d'épidermes de Champfort ! L'enfant enlève à l'amour son caractère égoïste, honteux, furtif, en fait un acte essentiellement noble et désintéressé, le distingue nettement d'un plaisir ou un jeu quelconque. Ce facteur : l'enfant, une fois admis, si l'amour est un besoin de notre nature, il n'y peut cependant être satisfait sans désordre, sans chagrins, sans souffrances que par l'union régulière, avouée, où chaque sexe accepte ses responsabilités et observe ses devoirs. En dehors de cela, il n'est que libertinage ou que folie ; il est d'intérêt secondaire. Il peut être excusable, pitoyable même, comme tous les entrainements ; il peut mériter les circonstances atténuantes qu'invoquent les tempéraments, la faiblesse humaine. Il ne mérite ni exaltation, ni glorification, ni apothéose. Il doit être considéré plutôt comme dangereux ou ridicule.

C'est ce que le Naturalisme ne cesse de proclamer quand il exhibe les tristes dessous des irrégularités joyeuses, les victimes qu'elles font, tous les sacrifices humains qu'exige l'insatiable Vénus-Astarté. Des livres comme *La fin de Lucie Pellegrin*, de Paul Alexis; *Germinie Lacerteux*, des Goncourt; *La fille Élisa*, d'Edmond de Goncourt; *Sapho*, d'Alphonse Daudet; *Nana* ou *Pot-Bouille*, de Zola, sont, pour ceux qui savent les comprendre, des œuvres d'une moralité haute et d'un enseignement puissant.

Le Naturalisme se caractérise par sa grossièreté d'expression et son dédain du goût. C'est le troisième préjugé.

Il y a une certaine analogie entre cette susceptibilité qui s'émeut d'un mot brutal ou cru, d'un terme d'argot, d'une expression trop directe et la pudibonderie mise en alarme par un détail indécent ou scabreux.

Notez que le gros mot est bien plus rare dans les livres naturalistes que dans la masse du langage courant. Ce qu'ils ont emprunté à la langue verte n'est qu'un faible extrait de ce que nous en découvrons en passant le long d'un stationnement de voitures, en traversant un marché aux poissons, en prêtant seulement l'oreille aux conversations de nos domestiques. Les enfants apprennent de leurs bonnes plus de mots inconvenants qu'ils n'en trouveront dans tous les romans de Zola qu'ils pourront lire plus tard.

Le langage contenu et circonspect des gens de bonne éducation et de tenue irréprochable n'est que celui d'une minorité. Les hommes des classes supérieures et dirigeantes mêmes ont leurs moments d'abandon et de familiarité où ils dépouillent d'un commun accord, comme une parure gênante, la contrainte lexicologique imposée par les convenances. Quand les messieurs les plus officiels passent au fumoir, après un de ces dîners d'apparat dont le cérémonial peut être considéré comme un produit de la culture la plus raffinée, on en entend de belles!

La susceptibilité dont il s'agit nous révèle, du reste, tout un passé d'hypocrisie littéraire, qui s'éclaire lorsque l'on étudie les origines et le développement de la littérature classique. Les vieux écrivains français ne la connaissaient pas plus que les vieux tailleurs d'images qui décoraient de si lestes figures l'architecture de leurs cathédrales.

Le Moyen Age, sincèrement religieux et dévot, n'avait pas montré l'esprit de dissimulation et la sournoiserie qui accompagnèrent la bigoterie suspecte de la Renaissance. Ce furent les résultats de l'influence exercée dans le domaine de l'art, à l'époque de la substitution du régime monarchique au régime féodal et communal, par les seigneurs transformés en courtisans et dont l'oisiveté fit des « amateurs ». (Le mot est de Viollet-Leduc.) Cette influence des amateurs a presque toujours été nuisible en substituant des goûts trop particuliers, souvent maladifs et anormaux, au goût général et sain.

Michelet a conté (1) avec quelle admiration les seigneurs qui avaient suivi Charles VIII en Italie y découvrirent les restes de l'art antique, comme ils y furent étonnés et ravis de la nouveauté des monuments, des statues, des tableaux qui ressemblaient si peu à ceux qu'ils connaissaient. Le souvenir de ces choses s'allia à celui du climat, de la facilité des mœurs, des beaux yeux noirs des femmes, de toute la joyeuse vie qu'ils avaient menée pendant leur expédition. Rentrés chez eux, ils voulurent s'entourer de ces merveilles de l'art italien qui leur tenaient au cœur et mirent tout à la mode italienne et prétendue antique, affichant désormais un souverain mépris pour l'art « gothique », sorti des entrailles de leur race, exprimant son esprit et son cœur.

C'était le temps où les Communes avaient cessé d'être de force à lutter contre le pouvoir personnel, où celles dont la fierté n'avait pas été cruellement réduite s'inclinaient et se soumettaient devant l'autorité monarchique, où la vieille indépendance bourgeoise s'effaçait devant l'importance seigneuriale et la majesté royale. Celles-ci s'accroissant sans cesse, les artistes durent suivre le goût des grands, à qui désormais appartenait l'autorité et qui les faisaient vivre.

Au début, le mal ne fut pas apparent; l'art primesautier du

(1) *Histoire de France.* « La Renaissance. »

Moyen Age avait la vie dure; l'art antique se greffa dessus sans le tuer. La fantaisie française fit bon ménage avec la régularité latine. Il y eut là une époque charmante de transition et de bâtardise : on vit fleurir l'architecture d'imagination et de contes de fées, colorée et pittoresque, qui régna de Louis XII à François Ier.

Bientôt, cependant, la centralisation du pouvoir devenant définitive et l'idolâtrie monarchique s'accentuant avec l'influence du monde de la cour, l'art se dénua de plus en plus de son caractère expressif, primesautier, le sacrifia à un idéal de symétrie, de régularité, de majesté conventionnelle. Il cessa d'exprimer la vie nationale et populaire, ne s'adapta plus qu'à la vie d'apparat. Il se guinda à la solennité la plus froide sous Louis XIV, qui fit affubler le Louvre de cette grotesque colonnade conçue par le médecin Perrault et si bêtement plaquée sur sa façade que les axes de ses travées ne coïncidaient même pas avec ceux des fenêtres!

La singerie de l'antique aboutissait à de froides constructions sans silhouette, ni physionomie, ni imprévu, au triomphe de l'architecture cubique, à l'anéantissement de tout ce que le Moyen Age avait su mettre d'expression, de sincérité et d'imagination dans ses moindres bâtisses.

Une évolution analogue se produisit dans la littérature. Là aussi, le goût des amateurs tua la sincérité et l'expression, arrêta le développement naturel de la vie. C'est à la fin du XVe siècle et aussi dans les bibliothèques italiennes qu'on découvrit les maîtres de l'antiquité, qu'on commença à lire Homère, Aristote, Platon, Virgile. On s'en éprit à la folie. Ils parurent si jeunes, si nouveaux! Lorsque Érasme publia en 1500 ses *Adagia*, son fameux recueil d'adages et de proverbes anciens, il fit fureur. Budé disait : « C'est le magasin de Minerve! » Il sembla qu'on eût condensé en un volume les règles du goût et de la sagesse, la vérité totale. Par horreur de la scolastique, on ne trouva plus rien de bon dans le Moyen Age. La littérature de l'antiquité alla aux nues : on crut qu'il n'y avait plus qu'elle qui pût livrer le secret du beau style. Les écrivains ne jurèrent plus que par elle et la mirent au pillage pour faire des ouvrages au goût du monde élégant qui en raffolait.

Et cela produisit aussi, d'abord, de beaux résultats. Le vieux tempérament gaulois s'assimila l'esprit nouveau sans abdiquer : on vit se produire alors l'écrivain le plus puissant, le plus audacieux, le plus solide, le plus coloré et le plus varié peut-être dont la littérature française puisse se glorifier : François Rabelais fit dans la *Vie de Gargantua* et dans *Pantagruel* le tableau du monde ; il y résuma la langue noble et ignoble, savante et familière, pédante et populacière, pompeuse et débraillée du début du XVIe siècle.

Mais son audacieux génie ne pouvait plaire au régime nouveau : son style éblouissant mais effronté devait faire peur. L'épuration commença. L'imitation de l'antique en fut le prétexte, sinon la raison. Combien Montaigne et Brantôme furent déjà plus mesurés, plus convenables, plus discrets, plus préoccupés de l'agrément des gens de qualité ! Comme ils sont plus pâles aussi !

On sent mieux encore chez Ronsard et ceux de la Pléiade, avec le besoin de rendre leurs œuvres sympathiques aux distributeurs de pensions, le mépris de la langue populaire ! Ceux-ci se brouillent carrément avec toute la vieille littérature nationale. Il leur importe peu d'être compris de la vile multitude. Ils se piquent même de ne pas parler comme elle. Ils se plaisent à tirer du grec et du latin des mots nouveaux dont ils forgent la distinction. Comprenne qui pourra ! C'est bien en dépit qu'il en ait que Ronsard cède à son tempérament, demeure Français et naturel et laisse percer le vieux style à travers ses « grâces nouvelles ». C'est bien par distraction qu'il laisse traîner une chandelle dans le sonnet pour Hélène :

Quand vous serez bien vieille...

Il a soin d'y corriger le « fantômes sans os » par les « ombres myrteux » et de faire oublier la « vieille accroupie », qui d'aventure dégoûterait par les « roses de la vie » qui ne peuvent manquer de plaire à sa clientèle distinguée.

Mais l'impulsion est donnée. Le beau langage va se former et bien moins par l'importation des motsantiques, dont il rêvait d'enrichir le français, que par l'élimination des mots usuels et francs. C'est en vain que Mathurin Régnier et quelques autres lutteront encore pour l'expression directe et au besoin crue. Les salons et le bel air vont triompher avec Malherbe; la littérature se courbera bientôt sous la férule du sacro-saint législateur du Parnasse; la langue s'expurgera en reconnaissant la loi de ce maître timoré.

Il en résulte d'abord le beau moment de la littérature du Grand Siècle, mesurée, majestueuse, harmonieuse, prudente. Mais bientôt arrive l'anémie de la langue de plus en plus appauvrie de ses éléments vitaux, la misère physiologique et l'impuissance d'expression qu'elle révèle dans la littérature courante de la fin du XVIIIe siècle.

C'est cette peur du mot, inculquée avec l'éducation classique, qui fait trembler encore devant la franchise d'expression du Naturalisme.

Le Romantisme avait régénéré la langue en lui rendant l'usage d'une quantité de mots abolis. Le Naturalisme continue son œuvre en l'alimentant sans cesse des mots nouveaux fournis par les sources vives du langage. Mais quelles sont ces sources?

Les dictionnaires? Ils sont essentiellement conservateurs; ils sont faits de la substance des bons auteurs, ne renferment que les vocables usuels, officiels, consacrés. Ils n'apportent rien de nouveau : il faut les connaître pour posséder la langue, se pénétrer de son génie et éviter le néologisme inutile là où existe le terme précis, exact, investi de l'autorité que donnent le temps et l'usage. Mais, si l'on s'astreignait à n'employer que les mots recueillis par les dictionnaires, il est évident qu'on ne pourrait exprimer directement les nuances nouvelles des idées et des sentiments, les aspects nouveaux des objets, toutes les transfigurations qu'engendre le cours des choses. Il faudrait recourir à des périphrases, formes d'expression approximatives, qui enveloppent et habillent l'idée plutôt qu'elles ne la montrent, qui témoignent toujours, lorsqu'elles ne sont pas voulues pour en marquer certaines modifications, d'une lacune dans ces éléments de la représentation des idées qui sont les mots.

Le respect trop exclusif du dictionnaire arrête l'évolution nécessaire du langage : il le fige dans des moules qui ne sont plus appropriés aux choses. Il faut, sans doute, préférer toujours le mot usuel, lorsqu'il est suffisamment exact, au mot forgé ou obscur qui ne se comprend pas. Si chacun prétendait fabriquer sa langue, s'il suffisait de lancer dans la circulation un mot imaginaire chaque fois qu'on ignore le mot réel, on arriverait à la confusion suprême, au gâchis : on reconstruirait la tour de Babel. Mais ce n'est pas une raison pour dédaigner le mot nouveau vivant, adopté par l'usage local ou technique, et que les dictionnaires n'ont pas eu le temps ou l'occasion d'enregistrer encore ; c'est par les auteurs que les mots sont passés du domaine de l'usage dans le domaine littéraire et tout écrivain peut avoir la bonne fortune d'accueillir le premier le mot original qui deviendra officiel.

Mais il importe de ne prendre ces éléments nouveaux d'expression que là où ils se forment spontanément, nécessairement ; et l'observation montre qu'ils se forment surtout sous l'influence des relations nécessaires, dans la masse aux millions de bouches et aux millions d'oreilles qui, sans aucune prétention ni préoccupation littéraires, à seule fin d'exprimer les actes, les besoins, les tendances des individus, les admet, les essaie, les répète, les recueille et les retient s'ils en valent la peine et s'ils peuvent servir à quelque chose. Celui qui n'écoute pas sa grande voix, qui n'est pas attentif à ses façons multiples et changeantes de parler, aux modes qu'elle suit en matière de langage comme en toute autre, celui-là ne sait pas bien la langue de son temps, ne connaît qu'une langue partielle, une langue hiératique de caste, une langue déjà morte, car tout arrêt d'évolution est un signe de mort certain.

Là est le faible de la querelle que les puristes font aux dispositions accueillantes de la littérature naturaliste à l'égard des mots d'origine plébéienne et récente. C'est parce que le Naturalisme, essentiellement observateur, se montre attentif à toutes les façons de parler, qu'il se plaît à les noter comme des documents dignes d'intérêt, à en utiliser l'originalité et le pittoresque, qu'il contribue à entretenir la vigueur et la santé du langage écrit.

Le privilège d'arrêter définitivement la langue est illusoire; il ne peut appartenir à aucun clan, à aucune administration, à aucun corps élu; pas plus qu'il ne peut leur appartenir d'enrayer le développement de l'organisation du cerveau.

Depuis les temps primitifs où nos lointains ancêtres n'exprimaient leurs rudes émotions et leurs frustes idées que par le cri animal, acte réflexe, geste automatique de leurs organes vocaux et par des onomatopées imitant les bruits de la nature, les cris des bêtes; depuis que, plus tard, l'homme se mit à représenter ses premiers concepts généraux par ces signes conventionnels sonores qu'on a appelés des racines, à communiquer ses associations d'idées en agglutinant ou en combinant ces racines entre elles et à faire des phrases pour répondre à ses jugements, depuis ces origines du langage, pas un mot n'a pu vivre sans le consentement général du groupe intéressé..

Les premiers groupes humains étaient fort restreints. C'est dans de petits clans consanguins que les rudiments du langage permirent l'établissement des premières relations sociales. C'est à la faveur des rapports de ces clans, de leurs rapprochements et de leurs rivalités, de leurs expéditions de guerre ou de commerce, que ces primitifs éléments du langage purent se répandre, devenir communs à plusieurs clans, à des peuplades, à des races entières, après tout un travail de sélection où les plus commodes et les plus expressifs d'entre eux, ou ceux des peuplades dominatrices éliminèrent les autres.

Ces mots primitifs durent avoir une existence très précaire; l'on observe encore aujourd'hui, dans les contrées les plus sauvages, les vicissitudes de ces idiomes en voie de formation, si changeants, limités à de misérables groupes d'humanité (chez les indigènes de l'Australie et de la Terre de Feu).

Le langage y est instable comme tous les éléments de l'existence. Les langues ne se fixent bien que chez les peuples arrivés à un haut degré de civilisation et d'unité. Voyez, sans remonter plus haut, comment, à travers les divisions territoriales de la féodalité, les idiomes qui devaient se fondre dans la langue française se morcelaient encore : l'orthographe, la prononciation variaient de province à province, de ville à ville, comme les lois, les coutumes, les mesures, les monnaies. Ce n'est que par une lente diffusion, tout un travail de propagande, qu'un vocable originaire de telle province pût aller se faire adopter à l'autre bout du pays. L'histoire des pérégrinations et de la fortune de chacun des mots les plus usuels du français moderne, des épreuves qu'il traversa pour acquérir sa forme actuelle et sa situation respectée, serait un roman d'aventures curieuses.

Aujourd'hui, dans nos grandes sociétés policées, le mécanisme de la diffusion des mots est resté le même. Les clans ethniques, où ils se formaient jadis, ont perdu leur importance, quoique l'écrivain curieux prenne encore plaisir à épingler les mots de terroir colorés ou amusants qu'il rencontre en voyage, parfois dans les coins de pays perdus où une longue tradition les a conservés. Mais à défaut de ces clans, nous avons des groupes professionnels au sein desquels la communauté des occupations et des intérêts, les particularités du métier font surgir constamment des façons de parler spéciales et inédites.

Chaque profession a son argot nécessaire, vivace et mobile, que nul ne lui impose, que nul ne peut lui interdire; et à la suite des rapports de cette profession avec le monde ambiant, des termes de cet argot passent perpétuellement dans la conversation générale; un certain nombre y demeurent. De tous les mots que l'argot des ingénieurs, l'argot de la finance, l'argot de la politique, l'argot du théâtre, l'argot du commerce, l'argot des bandits et de la prostitution même versent ainsi, incessamment, dans le fonds général de la langue, il en est beaucoup qui n'ont qu'une vogue éphémère et limitée, qui ne servent pas à plus d'une génération, qui s'oublient au bout d'une année, d'une saison, sans doute. Mais il en est d'autres qui font une durable fortune, se perpétuent avec les choses auxquelles ils correspondent et, relevés d'abord dans une chanson, un article de journal, un livre de fantaisie, finissent par s'imposer à tous ceux qui écrivent et par passer dans les lexiques les plus réservés.

Il n'y a pas à proprement parler une langue stéréotypée ; il n'y a que des états successifs de la langue que certains mots vivaces et généraux traversent victorieusement. De même que l'arbre le plus vigoureux ne peut grandir et se développer sans perdre tous les ans ses feuilles sèches et pousser des feuilles nouvelles, sans ajouter aux anciennes couches de son bois des couches superficielles neuves, une langue ne peut rester vivante sans laisser, à chacune de ses révolutions, tomber ses vieux mots desséchés dans l'oubli et pousser des mots nouveaux par lesquels elle s'assimile les idées.

C'est pourquoi la littérature naturaliste, qui s'est plu à tenir compte des tournures caractéristiques, énergiques, spontanées du langage propres à toutes les classes sociales, qui ne pouvait, du reste, exprimer sans y recourir les manières d'être particulières de l'individu, a le mieux exprimé de nos jours la vie du langage.

QUATRIÈME LEÇON.

Cette parenthèse fermée, si nous résumons ce que nous avons cherché à établir jusqu'à présent, nous voyons que les romantiques ont été surtout des décorateurs épris de couleurs et de formes, plus préoccupés de l'aspect que du fond des choses. Ils ont, sur l'édifice encore solide de la psychologie classique, pendu les tentures chatoyantes de leurs phrases, plaqué les ornements de leur imagination comme on accroche aux murailles d'une vieille maison les éléments apparents d'une architecture romaine, gothique ou japonaise, pour le plaisir des yeux, sans souci des rapports intimes et nécessaires du style et de la construction, ou comme on bâtit, dans les Expositions universelles, des imitations de vieilles villes avec des panneaux de staff, supportés par quelques charpentes.

Les naturalistes sont des architectes, au bon sens du mot; ils ont compris que si, dans la littérature classique, le fond et la forme étaient intimement unis, correspondaient à une même tournure de l'esprit, l'indépendance nouvelle de l'expression n'était qu'une conquête insuffisante si elle n'entraînait pas une indépendance correspondante de la conception. Ils ont mis les dehors en rapport avec les dessous. Ils ont abandonné le culte de la forme pour la forme, dans lequel on avait voulu voir le culte de l'art pour l'art, une singulière étroitesse de jugement ayant réduit l'art lui-même à ce qui n'est que le métier de l'artiste. Ils ont, sous les aspects nouveaux de l'édifice littéraire, voulu qu'il y eût une disposition, des matériaux, un mode de construire nouveaux.

A l'homme abstrait que l'on avait peint jusque-là, ils ont cherché à substituer l'homme réel, tel que le montrent la psychologie et l'anthropologie nouvelles; ils ont balayé cette apparence de l'homme et la nature conventionnelle où elle se pavanait pour mettre l'homme lui-même dans son milieu vrai, dans la Nature infinie dont la Science venait, en un bond prodigieux, de révéler les merveilles, les grandeurs, dont les mystères pénétrés découvrent sans cesse d'autres mystères plus attirants. Ils ont voulu que la nouvelle langue, plus large, plus expressive mise en usage par le génie romantique et toujours renouvelée, tenue au courant, servît à exprimer une plus forte dose de vérité.

C'est à la vérité qu'ils se sont résolument attaqués. Le Romantisme s'était confiné dans l'égotisme vaniteux de l'Enfant du Siècle, incapable de sortir de son moi, de ses propres sentiments, de ses propres aspirations, de ses propres répugnances, de ses propres instincts, incapable de juger le monde autrement qu'à son point de vue particulier. La caractéristique du Naturalisme est d'en être sorti, grâce à l'*imagination sympathique*, c'est-à-dire à cette faculté supérieure de ne plus sentir les choses seulement en soi-même, de ne pas se renfermer en son âme, mais de pénétrer dans l'âme des autres, de se mettre à leur place, d'épouser leurs sentiments, leurs passions, leurs ressentiments, d'expliquer leurs actes comme les résultats de leurs manières d'être spéciales, quelles qu'elles soient, d'entrer en communion avec l'Humanité et la Nature tout entières. Faculté admirable, trop longtemps dédaignée, et dont le retour annonçait la véritable renaissance littéraire.

Mais il faut bien définir cette imagination sympathique qui est la base véritable du mouvement littéraire naturaliste, et d'abord établir que ce n'est point une faculté d'exception, mais qu'elle existe élémentairement chez tout être normalement organisé et propre à la vie sociale.

C'est elle qui nous rend sensibles aux malheurs et aux souffrances des individus que nous ne connaissons pas, des personnages fictifs dont les aventures nous passionnent au théâtre, des criminels dont elle nous amène à contester la responsabilité et à l'égard desquels elle nous fait réprouver les châtiments cruels des temps passés ; des êtres mêmes qui ne sont pas de notre espèce, puisque les animaux sont protégés contre les mauvais traitements par la loi.

C'est elle qui se traduit dans l'antique charité, qui nous fait abandonner spontanément quelquechose de nos biens au profit d'autrui et trouver dans le plaisir de celui qui le reçoit plus de satisfaction que dans le plaisir que nous aurions pu en tirer nous-mêmes.

C'est elle qui, en pleine sécurité, nous fait haleter au danger couru par autrui, qui nous donne le vertige à la vue d'un ouvrier sur un toit, qui nous fait jeter un cri au spectacle d'un accident, souffrir, défaillir devant la blessure d'un étranger, qui nous rend incapables d'assister sans souffrance à une opération chirurgicale, risquer notre vie pour sauver la vie d'autrui.

Il n'est pas nécessaire, pour posséder l'imagination sympathique, d'avoir atteint un haut degré de moralité ou de culture : on la découvre vivace chez des primitifs, chez des simples, chez des criminels; il y a eu des assassins qui avaient été des sauveteurs. Elle est un produit très ancien, très général de notre nature, une fleur d'humanité susceptible de s'épanouir partout ; elle a pour cause une substitution inéluctable de soi-même à autrui.

Hors de l'état normal, elle s'affirme parfois avec une force caractéristique qui permet de la mieux étudier. Qui n'a été frappé de l'aliénation que subit la personnalité dans le rêve — que Maudsley étudie en tête de sa *Pathologie de l'esprit*, — dans le rêve où nous nous découvrons capables d'extravagances, de lâchetés, d'infamies et de crimes dont le souvenir nous confond, où nous devenons complètement *autres*. Dans l'hypnose, le rêve provoqué, cette hallucination s'expérimente couramment. Il est aisé de persuader à l'hypnotèse qu'il a changé d'état, de sexe, de condition.

Chez l'aliéné, l'abdication du moi, l'accaparement d'un moi nouveau, à l'acquisition duquel s'est complu l'imagination, devient durable, tenace : le malade se croit roi, justicier, prophète, Dieu; ou bien il devient loup, hurle, mord, court à quatre pattes... Quel cas plus typique de la puissance de l'imagination sympathique que celui de ce gendarme, cité par le docteur Lhomme : il s'était trouvé de garde auprès d'un condamné à mort pendant la nuit qui précédait son exécution et qui en avait dû suivre tous les préparatifs ; il en avait été tellement impressionné, il s'était si bien mis à la place de ce malheureux, il avait si bien senti ses angoisses, que le voilà qui se croit condamné et à la veille d'être exécuté aussi, qui déserte pour échapper au supplice, et ne revient à la raison qu'après un traitement en règle.

Prise au sens général où nous l'entendons, la sympathie se manifeste chaque fois qu'il y a identification avec une personnalité étrangère, compréhension des sentiments d'un adversaire, d'un individu antipathique même.

N'imagine-t-on pas les raisons qu'un contradicteur opposera aux idées qui nous sont les plus chères ? Ne se figure-t-on pas la querelle qu'on aura avec lui ? Tout ce qu'il pourra dire pour nous combattre ? Ne dialoguons-nous pas contradictoirement, en *nous-mêmes, sur nos convictions les plus enracinées ?* Luther, à un moment de sa vie, pense tellement au Diable qu'il s'est donné la mission de combattre, imagine si bien les artifices que cet ennemi du genre humain peut lui opposer, qu'il le voit apparaître dans sa cellule, se dispute avec lui, finit par lui jeter son encrier à la tête.

Telle est l'étendue de la sympathie : elle va jusqu'à l'hallucination. Et c'est elle qui, développée, dirigée, érigée en faculté spéciale, devient la qualité dominante de l'écrivain naturaliste. Elle lui permet de se rendre compte de ce que doivent éprouver, penser, vouloir les personnages qu'il décrit ou met en scène dans les milieux et les circonstances où il les voit ; il peut leur donner ainsi une intensité de réalité, de vie à laquelle n'atteignent jamais les nobles et vaines abstractions que sont les personnages classiques, représentations algébriques d'humanité, dont les aventures sont semblables à celles des X, des Y et des Z engagés dans une suite d'équations.

« *Quand j'écrivais l'empoisonnement d'Emma Bovary,* écrit « Gustave Flaubert à Taine, j'avais si bien le goût de « l'arsenic dans la bouche, j'étais si bien empoisonné moi- « même que je me suis donné deux indigestions coup sur

« coup, deux indigestions très réelles, car j'ai vomi tout mon « diner. » C'est qu'il avait si bien compris sa Bovary, ses déceptions, ses ennuis de pauvre oiseau en cage, les tracas de sa pauvre petite cervelle, qu'il vivait sa vie comme elle-même.

Balzac comprenait de même sa Valérie Marneffe; il avait une tendre indulgence pour ses vices; il lui donnait toutes les excuses, la faisait bénéficier de toutes les circonstances atténuantes qu'une créature gâtée peut trouver dans ses origines, son éducation, son entourage, la nécessité.

L'abbé Prévost était visiblement aussi amoureux de sa Manon Lescaut que des Grieux lui-même et lui passait tout avec une indulgence inépuisable, se rendant compte comme elle pouvait le faire elle-même des impulsions qui la rendaient galante et volage, charmante malgré tout.

Ne sent-on pas l'amitié de Diderot pour le merveilleux drôle qu'il avait créé dans le *Neveu de Rameau* et dont le cynisme éblouissant a si souvent raison des belles raisons de Monsieur le philosophe? Et dans l'*Histoire de Madame de la Pommeraye et du chevalier des Arcis*, avec quelle impartialité ne donne-t-il pas raison à tout le monde : à la femme abandonnée qui se venge, à la petite drôlesse tout de même intéressante qui sert sa vengeance et au chevalier dont il comprend si bien la passion! Comme cela est vivant, vrai, senti!

Stendhal, en écrivant *Le rouge et le noir*, a éprouvé toutes les humiliations, toutes les haines de l'ambitieux trop sensible; il a connu les états d'âme de Julien Sorel dans l'atelier paternel, chez M. de Rênal, au séminaire, chez M. de la Mole; il a souffert de ses souffrances, triomphé de ses triomphes; il eût tiré aussi le coup de pistolet fatal à Mme de Rênal surgissant sur le chemin de sa fortune.

L'imagination sympathique fait que l'écrivain prend spontanément parti pour tous ceux dont il s'occupe, devient leur avocat d'office, se passionne pour son rôle : Balzac a eu en imagination le tempérament amoureux du baron Hulot, la jalousie envieuse de Lisbeth Fischer, l'abnégation paternelle de Goriot; il a participé au plaisir que Grandet avait à acheter un lopin de terre, à accumuler des écus et aux joies du dévoûment féminin d'Eugénie mettant du sucre dans le café de son joli cousin.

Quelle pitié chez les Goncourt pour leur Germinie Lacerteux, pour cette pauvre mendiante d'amour tombant au plus bas de la dégradation, et qui était un personnage réel : une servante à eux, qui les avait volés pour payer ses amants. Et quelle affection paternelle chez Alphonse Daudet pour sa perverse petite Chèbe, pour ce cabotin de Delobel, pour cette grue d'Ida de Barancy, pour ce polisson de Numa, pour son Tartarin, surtout, dans lequel il a concentré toutes les faiblesses de sa race, de son cher Midi !

Quelle adoration, encore, chez Georges Eckhoud pour ses paysans, pour tous les détraqués vers lesquels l'entraîne sa pitié : comme il jouit de leurs ripailles et de leurs amours, de leurs superstitions, de leur odeur même.

Parmi les maîtres qui ont exercé l'influence la plus sensible sur la littérature moderne, Gœthe a possédé l'imagination sympathique au plus haut point. Il faut lire ses entretiens si curieux avec Eckermann pour voir où s'étendait la pénétration de son génie. Quoi de plus caractéristique que sa réflexion devant des animaux peints par Roos et qu'il admirait fort : « On croirait presque que le peintre en était un... Il avait le « sentiment de l'organisation de ces bêtes ; il avait reçu la con« naissance de leur état physiologique. » Il n'y a là aucune intention de raillerie : rien que l'expression pittoresque de ce qu'il considérait comme une faculté supérieure de l'artiste : le don d'entrer en communion d'impression avec tous les êtres. (Émile Zola n'a-t-il pas fait des chevaux du fond du Voreux deux des *personnages* les plus touchants de *Germinal?*)

Ailleurs, Gœthe affirme : « J'ai toujours considéré chaque « homme comme un individu existant pour soi, que je m'effor« çais de pénétrer et de connaître dans son originalité, mais à « qui je ne demandais ensuite absolument aucune sympathie... « C'est seulement de cette façon que l'on apprend à connaître « la variété des caractères. On y gagne aussi la souplesse dans « la vie. » Cette attention pour ce qui ne présente en apparence rien de sympathique, au sens banal du mot, n'est-elle pas l'affirmation la plus nette de la puissance de l'imagination sympathique?

Pour finir par l'exemple le plus éclatant, n'est-ce pas le génie sympathique qui a inspiré à Shakspere la prodigieuse variété de ses conceptions, qui leur a donné leur vie intense? « Il a senti les forces et les tendances qui produisent les dehors visibles [1]. »

Il s'est figuré toutes les passions et l'action que leur impriment les circonstances, le jeu de la fatalité dans la tragédie et la comédie humaines. Il a saisi les hommes avec leurs faiblesses, leurs petitesses, leurs difformités morales comme avec leurs grandeurs et leurs beautés, et il nous les a fait saisir : brutes comme Ajax et Coriolan; radoteurs comme Polonius ou la nourrice de Juliette; grands passionnés comme Coriolan ou Othello; aliénés comme Hamlet ou Macbeth; amoureuses comme Desdémone ou Ophélie, il les a tous vus dans leur complexité, avec les qualités de leurs défauts et les défauts de leurs qualités, avec la violence de leurs sentiments ou de leurs instincts. C'est l'essence même du Naturalisme. Il ne choisit pas seulement les sentiments nobles, décents. Il les accepte tous, les observe avec une égale curiosité. Et c'est sa force. Dans tout le théâtre de Racine, il n'y a rien de plus vivant et de plus émouvant que la passion coupable et tyrannique de Phèdre.

De cette entrée en jeu de l'imagination sympathique résulte une conception particulière du roman. Il devient de la psychologie en action. L'écrivain « aime à se représenter des senti-
« ments, à sentir leurs attaches, leurs précédents, leurs
« suites... Et il se donne ce plaisir. Il note les influences con-
« traires ou concordantes du tempérament, de l'éducation,
« du métier et travaille à manifester le monde invisible des
« inclinations et des dispositions intérieures par le monde
« visible des paroles et des actions extérieures... Un vrai
« romancier jouit par contemplation de la grandeur d'un sen-

(1) *Littérature anglaise.*

« timent nuisible ou du mécanisme ordonné d'un caractère « pernicieux... »

C'est l'imagination sympathique que symbolise le rêve d'Eckermann qui, ne sachant pas nager, troquait son corps contre celui d'un ami pour gagner une île où il voulait aller et éprouvait un plaisir infini à être sorti ainsi de lui-même.

Mais pour en arriver là, il ne faut plus regarder en soi, mais hors de soi, remplacer la raison raisonnante par l'observation, étudier sans parti pris tous les documents humains, toutes les manifestations d'un caractère. Le Naturalisme a ainsi pour condition première le développement de ce qu'il y a en nous de plus noble et de plus élevé : l'intelligence désintéressée et la tolérance.

Mais, entraînés à s'intéresser à tous les hommes, à recueillir tout ce qui peut éclairer leurs manières d'être, l'écrivain n'a plus à dédaigner certains milieux dont l'influence sur les individus ne peut être niée. Et ces milieux, il ne les choisit plus arbitrairement.

Le milieu n'est plus ni le fond vague sur lequel se jouent les tragédies, ni le décor de parc bien taillé qui représente la nature pour Rousseau, ni le beau décor haut en couleur, aux découpures moyenâgeuses et fantastiques planté pour le plaisir des yeux par les romantiques. C'est l'endroit réel, normal, nécessaire dans lequel se développe la vie du personnage choisi, et qui le rend gai ou triste, vigoureux ou malade, actif ou rêveur; c'est la région où s'est élaborée la race dont il montre les caractères acquis. Et désormais, l'intérêt du milieu n'est plus seulement dans le milieu même, mais dans les effets qu'il produit chez l'homme. Dès lors, une mansarde se remplit d'objets dignes d'attention aussi bien qu'un palais des *Mille et une Nuits;* une fabrique révèle des perspectives aussi curieuses qu'un château des bords du Rhin; le boulevard est autrement riche en points de vue qu'une cité du XVe siècle; et l'on va faire dans nos campagnes, nos banlieues, nos terrains vagues des voyages d'exploration tout aussi émouvants que dans une forêt des tropiques.

De tout cela, on va faire sortir des impressions vives et

neuves. Il suffit de savoir regarder, comme regardent depuis longtemps les romanciers anglais qui ont noté le détail avec une si grande précision : témoin Daniel de Foë dans ce *Robinson Crusoé*, qui a si bien illusionné notre enfance à tous en n'oubliant rien dans son île ; si bien que nous avons connu cet île comme notre jardin et Robinson comme un de nos amis.

Ainsi, on va découvrir la campagne adorable de nos climats changeants, la *féerie* de leurs printemps et de leurs automnes, les surprises de leurs matins et de leurs soirs, les physionomies innombrables des régions. On va découvrir le grouillement vertigineux des grandes villes, la gloire des cités neuves en fête sous le soleil, les coins sinistres des banlieues où elles balaient l'écume de leurs populations, les sourires doux et maladifs de la nature qui les entoure, les curiosités de leurs salles de spectacles, de leurs hôpitaux, de leurs ateliers, de leurs cabarets, de leurs ruelles. Tout s'éclairera, entrera en valeur... Et les halles de Paris, la coulée des ouvriers se rendant le matin au travail, un retour de courses par les Champs-Élysées, les allées et venues d'un public de ville d'eaux, un bal à l'Opéra, une cour d'usine, l'intérieur d'un lycée, la dune, la bruyère, un chemin creux vont devenir des tableaux merveilleux grâce au génie de l'écrivain qui saura en montrer le sentiment, le caractère.

Ce n'est pas tout. Étudiant l'homme sous tous ses aspects, dans son infinie variété, il faudra que l'écrivain s'initie à toute la science de l'homme, à tout ce que l'expérience des générations a accumulé de renseignements sur son compte, classé dans les dossiers de l'humanité. Nulle découverte ne pourra lui demeurer indifférente. Il ne devra plus oublier jamais ce : *Homo sum et nihil humani a me alienum puto.* Il devra, s'il veut avoir quelque autorité, éviter de se mettre en contradiction avec les notions que l'instruction a répandues. Il ne faudra pas que son œuvre, tombant sous les yeux d'un historien, d'un médecin, d'un ingénieur, d'un juriste, d'un politicien, d'un géographe, d'un naturaliste, lui fasse hausser les épaules. Aucune science en rapport avec ce dont il parle ne pourra lui être indifférente : il ne pourra parler d'une profession ou d'un milieu sans s'informer au moins de ce qui est spécial à cette profession et à ce milieu. Il devra s'éclairer par une perpétuelle enquête et un souci d'information toujours en éveil.

Et de toutes les sciences soumises à sa curiosité, une surtout devra attirer son attention anxieuse : la science spéciale de l'homme, celle qui montre ses origines, son lent mouvement d'ascension de l'animalité vers la conscience, le fonctionnement de ses organes et leur influence sur son esprit, les causes originelles ou accidentelles de ses faiblesses, de ses anomalies, de ses tares, de ses détraquements. Il étaira ainsi sur des données certaines les révélations du génie. Il restera dans la vérité et l'honnêteté littéraire.

Si la science a fourni au Naturalisme une base solide, il n'avait pas attendu son épanouissement pour se développer vigoureusement. C'est encore une des erreurs de l'éducation classique, une conséquence de l'importance exclusive qu'elle attribue à la littérature d'un siècle et d'un peuple, de le considérer comme une sorte de phénomène étrange et tout contemporain. C'est plutôt le Classicisme qui est particulier et le Naturalisme qui est normal.

Il faut méconnaître ou oublier toutes les littératures passées et étrangères pour considérer le Naturalisme comme une manifestation spéciale et maladive de notre époque, pour oublier qu'il a de hautes et lointaines origines, qu'il n'est que la renaissance d'une des deux grandes tendances qui alternent et se rencontrent de tout temps dans le domaine littéraire : peindre la vie et la nature telles qu'elles sont ; les peindre telles qu'on voudrait qu'elles fussent.

Il faut oublier pour cela toutes les naïvetés, toutes les crudités, toutes les audaces des littératures primitives, antiques, orientales, de tous les livres vénérables et sacrés où l'humanité a déposé son âme.

Il faut oublier et les romans grecs et toute la décadence latine et cet étonnant *Satyricon* de Pétrone, dévoilant avec tant d'audace les dessous de la vie romaine au temps de Néron, promenant l'étrange ménage à trois d'Encolpe, d'Ascylte et de Giton, avec ses immondes passions et ses jalousies baroques, à la recherche du vivre et du couvert, à travers les lieux que hantait la crapule romaine, faisant grouiller un peuple de parasites, de prostituées, d'affranchis, de sorcières, d'aventuriers, chacun avec son langage et ses mœurs, s'épanouissant dans la prodigieuse description du festin de Trimalchion, mêlant le pot de chambre aux fastes prodigieux de la table, remuant plus d'ordure qu'on n'en peut concevoir.

Il faut oublier toute la littérature scandinave où les héros et les dieux mêmes montrent tant d'infirmités humaines; et toute celle du moyen âge, où les épopées abondent en détail précis montrant que la vie n'avait rien de méprisable pour ceux qui les ont écrites; et tous les vieux conteurs français, et Villon, et Brantôme, et Rabelais, et Shakspere.

Il faut, pour lui chercher ici cette querelle, oublier même ce qui nous tient le plus au cœur, ce qui fait notre gloire et notre orgueil, ce qui a le mieux exprimé l'âme de notre race : toute la peinture flamande, où le Naturalisme s'est triomphalement affirmé au plus beau moment du règne des perruques, pour ainsi dire au nez, sinon à la barbe du Roi-Soleil. Faut-il faire observer que peinture et littérature ont, au point de vue moral et social, une même portée : car ce ne sont que des modes d'expression différents sous lesquels les tendances et les sentiments peuvent exister identiques.

C'est sans doute parce que le Naturalisme était la tendance dominante de notre race que nous avons été inférieurs dans la littérature classique, que nous y avons toujours montré une certaine lourdeur et une certaine maladresse, — mal pliés à la tyrannie de l'esprit de cour, pénétrés d'un vieil esprit communier d'indépendance, trop attachés à la liberté individuelle.

Il a toujours existé, ici, un goût pour les originaux, une condescendance pour leurs particularités, un sans-souci du qu'en-dira-t-on, une tolérance pour les faiblesses d'autrui. Dire familièrement d'un homme que c'est un bon type, un drôle de type, n'y implique ni blâme ni antipathie. C'est là une tournure du caractère que l'art de la race a toujours exprimée dans ses plus beaux moments. Cet art a toujours été plus varié, moins occupé de simplification et de généralisation, que l'art grec, romain, italien ou que l'art classique français. La peinture flamande n'a jamais tendu spontanément à représenter un homme général, géométrique en sa forme et algébrique en ses sentiments. Elle s'est plu, au contraire, à saisir les particularités non seulement de la classe : du noble, du bourgeois, du religieux, du paysan, de l'ouvrier, mais de l'individu : d'un noble, d'un bourgeois, d'un paysan, d'un prêtre, d'un miséreux.

« Les premiers Flamands traduisirent en portraits les personnifications idéales de la Vierge, des apôtres, des martyrs, et s'efforçaient de représenter d'une manière exacte les détails de la nature. Tandis que les Grecs exprimaient les détails du paysage : rivières, fontaines, arbres, sous des formes abstraites, les Flamands cherchaient à les rendre tels qu'ils les avaient vus » (¹). On en citerait mille exemples; il n'y a qu'à ouvrir les yeux dans un musée; les personnages de leurs tableaux religieux sont des voisins, des voisines, des amis des peintres, des gens qu'ils ont rencontrés, qui leur ont représenté les individus imaginaires qu'ils voulaient montrer et qu'ils ont peints en y mettant seulement cette accentuation du caractère qui est la condition essentielle de l'art. Leurs paysages sont des vues du pays où ils ont vécu.

Ce goût pour la spécialisation et l'individualisation se retrouve partout. Nous avons vu au musée d'Anvers un *Enfant prodigue* de Rubens, un tableau de chevalet, bien curieux à cet égard : cela représente une cour de ferme bien flamande, avec sa porte ouverte sur une campagne qui est bien de son pays, ses bâtiments, son écurie, ses gros chevaux, son valet de ferme, la femme qui donne la pâtée à des cochons sous un hangar. On cherche l'Enfant prodigue, et on voit un crève-[illegible] qui regarde d'un air d'envie cette pâtée,

(¹) Waagen.

qui demande sans doute d'y goûter. Quelle interprétation plus naturaliste, plus vivante de la parabole biblique! Rubens a dû assister à cette scène; le mendiant était peut-être un homme autrefois riche, tombé dans la déchéance et le dénûment; le cas l'aura frappé; il en aura vu le côté démonstratif et poignant; il a rendu la scène telle quelle, dans toute la force de sa réalité.

D'après les conventions classiques, nos Flamands, qui peignent des hommes trop gras ou trop maigres, des malingreux difformes, des crapules en liesse, montrent un incompréhensible amour pour le laid et le trivial; mais en cherchant à les mieux comprendre, on s'aperçoit qu'ils sont doués d'un génie d'expression et d'observation tout particulier. Ils comprennent et ils aiment la vie jusque dans ses irrégularités et ses exagérations.

Les mêmes appréciations se reproduisent à travers les âges. Les gens qui font les dégoûtés devant les voyous de Zola obéissent exactement au même sentiment que Louis XIV, qui, devant les tableaux de Teniers, s'écriait :

— Écartez de moi ces magots!

Le Naturalisme se manifeste du reste sous deux aspects bien différents chez les Flamands du sud, les nôtres, et chez ceux du nord, les Hollandais; et ces aspects montrent bien comme il est susceptible de s'adapter lui-même à des idéals différents.

Lorsqu'après la guerre de l'Indépendance, les Provinces du nord se séparent des Provinces du sud, la diversité des caractères engendre deux écoles bien tranchées. Dans les Provinces belges, qui ont manqué d'énergie au moment décisif, qui laissent échapper le fruit de tant de massacres et de proscriptions, et retombent inertes dans la servitude, qui, saturées de ruine et de souffrances, acceptent à tout prix les tranquillités de la vie matérielle, on voit, pendant l'accalmie du règne d'Albert et d'Isabelle, la peinture s'épanouir avec Van Noort, puis Rubens et son groupe.

Chez tous, c'est le même amour de la chair, du bien-être,

de l'abondance dont on a été si longtemps privé. Même dans la peinture religieuse, cette passion prédomine. Les madones et les martyrs de Rubens sont de superbes corps florissants et vigoureux, des gaillards et des gaillardes admirablement bâtis pour la vie terrestre. Il peint du même style une Madeleine débordante et une sirène potelée. Chez tous, la joie de vivre éclate aux yeux. Il faut encore citer la description de Taine, qui a si bien saisi cette caractéristique (1) : « Jamais la sympathie de l'artiste n'a saisi la nature avec un si franc et si universel embrassement... il amène dans le ciel idéal de la mythologie et de l'Évangile des figures brutales ou malignes, une Madeleine qui est une nourrice, une Cérès qui coule à l'oreille de sa voisine un mot plaisant. Nulle crainte de choquer la sensibilité physique ; il va jusqu'au bout de l'horrible, à travers les tortures de la chair suppliciée et tous les soubresauts de l'agonie hurlante. Nulle crainte de choquer la délicatesse morale ; il fera de sa Minerve une mégère qui veut se battre ; de sa Judith, une bouchère accoutumée à saigner ; de son Pâris, un goguenard expert et un amateur friand. Pour traduire en paroles l'idée que crient tout haut ses Suzannes, ses Madeleines, ses saints Sébastien, ses Grâces, ses sirènes, toutes ses kermesses divines ou humaines, divines ou réelles, chrétiennes ou païennes, il faudrait des mots de Rabelais. Pour lui, tous les instincts animaux de la nature humaine entrent en scène ; on les en avait exclus comme grossiers, il les ramène comme vrais ; chez lui comme dans la nature, ils se rencontrent avec les autres...

« Nul n'a peint les contrastes du corps avec un relief plus fort ni manifesté aussi visiblement la destruction et la floraison de la vie, tantôt le mort lourd, flasque, vrai paquet d'amphithéâtre, tout vidé de sang et de substance, blafard, bleui, vergeté par son supplice, un caillot de sang à la bouche, les yeux vitreux, les pieds et les mains terreux, enflés, déformés, parce que la mort les a gagnés avant le reste, tantôt la fraîcheur des carnations vivantes, le beau jeune athlète épanoui et riant, la souplesse molle du torse

(1) *Philosophie de l'art.*

« ployant dans un corps adolescent bien nourri; les joues « lisses et empourprées, la candeur placide d'une fillette dont « nulle pensée n'a jamais accéléré le sang ou terni les yeux, « les nichées de chérubins potelés et d'amours en goguette, la « délicatesse, les plis, le rose délicieux et fondant de la chair « enfantine qui semble un pétale de fleur humide de rosée et « imprégnée par la lumière du matin... »

Cette page si vraie, si colorée, ne fait-elle pas, avec la glorification de Rubens, la glorification du Naturalisme en ce qu'il a d'essentiel : la peinture de la vie dans ses manifestations les plus variées, les plus hautes et les plus basses, celles qui répugnent comme celles qui séduisent, ses délicatesses et ses horreurs?

Dans les Provinces du nord, cependant, la peinture revêt le caractère d'un Naturalisme encore plus audacieux, s'attaque plus hardiment et plus directement encore à la réalité. Ici, le rigorisme républicain et protestant exclut la peinture religieuse et mythologique. La bigoterie calviniste s'effarouche des compromis de la religion avec la mythologie. L'esprit de sacrifice qui a engendré la liberté est austère. Il y a moins de sensualité ou, tout au moins, plus de répulsion pour les dehors de la sensualité. Le nu paraît licencieux. Les événements ont créé un idéal particulier, ont érigé en personnage particulièrement intéressant et sympathique le citoyen dont l'abnégation, le courage, la ténacité ont sauvé la patrie. On préfère aux martyrs et aux dieux le magistrat qui a bien gouverné, l'officier qui s'est bien battu. « Le style héroïque ne trouve « d'emploi que dans les grands portraits qui décorent les « hôtels de ville et les établissements publics, en commémora- « tion des services rendus. » On l'aime tel qu'il est, avec sa physionomie à lui, son costume. Et de là un genre nouveau : le grand tableau peuplé de portraits en pied de grandeur naturelle, de personnages existants groupés autour d'une action commune. Voilà la peinture publique, historique.

Des grands personnages, la peinture privée, celle dont les habitants des Pays-Bas aiment tant à décorer leurs maisons, descend aux petits. « Ici reparaît l'instinct national, tel qu'il « s'était montré à la première époque, dans les Van Eyck, « Quentin Massys et Lucas de Leyde. Et c'est bien l'instinct « national; il est si intime et si vif, que, même en Belgique, « près de la peinture mythologique et décorative, il coule « chez les Breughel et les Teniers, comme un petit ruisseau « à côté d'un large fleuve. Ce qu'il exige et ce qu'il provoque, « c'est la représentation de l'homme réel et de la vie réelle « tels que les yeux les voient : bourgeois, paysans, bétail, « échoppes, auberges, appartements, rues et paysages... La « nature elle-même, quelle qu'elle soit, humaine, animale, « végétale, inanimée, avec ses irrégularités, ses trivialités, ses « lacunes, a raison d'être comme elle est ; dès qu'on la com- « prend, on l'aime et on jouit de la voir. L'art a pour but non « de l'altérer, mais de l'interpréter ; à force de sympathie, il la « rend belle... »

Ainsi, la peinture peut tout représenter; c'est la peinture de Terburg, Metzu, Gérard Dow, Adrien Brouwer, Frans Mieris, Jean Steen, Wauwermans, les Van Ostade, Wynants-Cuyp, Van der Neer, Ruysdael, Hobbema, Paul Potter, Backhuysen, les deux Van de Velde, etc. « *Il n'y a pas* « d'école où les talents originaux soient si nombreux ; lorsque « l'art a pour domaine non une cime bornée, mais toute la « large étendue de la vie, il offre à chaque esprit un champ « distinct; l'idéal est étroit et ne se laisse habiter que par « deux ou trois génies; le réel est immense et fournit des « places à cinquante talents. »

Cette représentation trouve sa suprême expression dans le prodigieux génie de Rembrandt :

Celui-ci a vu de l'homme « tout ce qui rampe et moisit dans « l'ombre, les avortons déformés et rabougris, le peuple « obscur des pauvres, la juiverie d'Amsterdam, la populace « fangeuse et souffrante d'une grande ville et d'un mauvais « climat, le gueux bancal, la vieille idiote bouffie, le crâne « chauve de l'artisan usé, la face blême du malade, toute la « foule grouillante des passions mauvaises et des misères « hideuses qui pullulent dans nos civilisations comme des vers

« dans un arbre pourri. Une fois sur cette voie, il a pu com-
« prendre la religion de la douleur, le christianisme véritable,
« interpréter la Bible comme aurait fait un Lollard, retrouver
« le Christ éternel, présent aujourd'hui comme autrefois, aussi
« vivant dans un cellier ou une auberge de Hollande que
« sous le soleil de Jérusalem, le consolateur et le guérisseur
« des misérables, seul capable de les sauver parce qu'il est
« aussi pauvre et encore plus triste qu'eux. Lui-même, par
« contre-coup, il sent la pitié; à côté des autres, qui semblent
« des peintres d'aristocratie, il est peuple; du moins, il est le
« plus humain de tous; ses sympathies plus larges embrassent
« la nature plus à fond; aucune laideur ne lui répugne, aucun
« besoin de joie ou de noblesse ne lui dissimule aucun bas-fond
« de la vérité. »

Voilà de longues citations. Mais c'est que jamais le sens du Naturalisme n'a été mieux compris, exprimé avec plus d'éloquence. C'est que nous ne pouvions étayer notre démonstration d'une plus puissante autorité. C'est qu'il était nécessaire de montrer ce qu'il y a de grand et d'humain dans une tendance qui ne s'est pas affirmée seulement dans le domaine littéraire et à une époque limitée, mais à laquelle se rattachent les génies et les talents les plus en vue d'une école de peinture universellement admirée.

C'est qu'il importe de répéter que les écrivains naturalistes modernes n'ont pas été les premiers à collectionner ces documents humains, à servir ces « tranches de vie » qui ont prêté à tant de plaisanterie facile; qu'ils ne sont pas sortis de l'art normal pour produire des œuvres étranges; que leurs œuvres saines, naturelles, humaines, y rentrent au contraire en se débarrassant de l'étiquette et de la contrainte de l'art classique comme de la fantaisie et de la vanité du Romantisme; qu'ils ont rendu à l'esprit français, trop simplificateur, trop obstructeur, trop porté à l'unification des caractères, ce goût du détail, cette curiosité de la vie, cette sympathie pour les individus qui caractérisent l'art des races germaniques.

CINQUIÈME LEÇON.

Jamais la littérature n'a cessé d'être en rapport avec l'organisation des sociétés (1). Même lorsqu'elle a pu paraître individualiste à outrance, elle traduisait un état particulier des mœurs, des opinions, des goûts contemporains. L'écrivain le plus original et le plus personnel révèle encore dans ses œuvres quelque chose de l'histoire de la race au milieu de laquelle il vit, ne fût-ce que les réactions excitées dans certains tempéraments spéciaux par la manière d'être de cette race.

On ne conçoit pas d'écrivains pouvant s'abstraire du milieu social et politique qui est « l'air respirable de leur esprit », qui les a formés ou déformés, ainsi que la série de leurs ancêtres : la folie même, dans ses manifestations incohérentes, est un produit du milieu et de l'hérédité. Il est incontestable que l'écrivain qui veut être lu, soit par la masse, soit par une élite, doit compter avec certaines tendances, certaines opinions écloses ou latentes de ses contemporains : celui qui a l'air de créer un courant nouveau ne fait, généralement, que pressentir et deviner l'opinion de demain.

Il y a dans tout le cours des idées, comme dans le cours des choses qu'il ne fait que refléter, quelque chose de fatal et d'aveugle qu'il n'appartient à nul homme de prévenir et de changer. L'artiste qui s'isole par orgueil, sans le désir d'être suivi, sans ce désir de plaire et de faire des adeptes que donne toujours une forte conviction, n'engendre qu'un art de caste,

(1) Voir encore là-dessus le livre de M. Ch. Letourneau, *L'évolution littéraire dans les diverses races humaines*.

stérile, accidentel, sans influences ni conséquences, d'importance négligeable.

Mais quelles sont donc les tendances dominantes de l'esprit moderne qui ont coloré tout le Naturalisme littéraire? Nous allons les voir se manifester dans la production qui représente le mieux la littérature de tous, qui répond à un goût, à un besoin quotidien du public et qui est le plus intéressée à y répondre le plus directement possible : dans le journal.

Il n'y a pas à se dissimuler que c'est le public, autant que les journalistes, qui fait les journaux; et tels qu'il les veut. Il est une sorte de rédacteur en chef consultant qui, tous les jours, donne son avis, manifeste sa satisfaction par l'abonnement et l'achat de numéros, son mécontentement par l'abandon et l'oubli; un jury qui condamne à mort, sans appel, ceux qui ont cessé de lui plaire, qui ne lui fournissent pas les éléments d'intérêt qu'il veut. Il fait au moins tous les journaux qui se lisent.

Et quelle que soit la variété des opinions politiques, le journal contemporain a un caractère dominant et commun : la recherche de l'information. Il n'est plus raisonneur, épris de controverses comme le journal d'autrefois. Il ne se répand pas en réflexions et en considérations sur les faits; en dehors des temps d'élections ou de crise politiques, il n'abandonne plus à la polémique de parti qu'une petite portion de ses colonnes; il s'occupe surtout de renseigner ses lecteurs sur les choses au moyen de documents, de comptes rendus, de pièces officielles, d'indiscrétions, de dires et de récits.

Il rend minutieusement compte de ce qui se passe dans les assemblées et les lieux publics : parlements, meetings, tribunaux; il note, des séances de ces assemblées, la physionomie, les incidents, les impressions. Il tâche à pénétrer dans toutes les coulisses pour voir l'envers de tous les spectacles. Il demande aux pouvoirs exécutifs et administratifs ce qu'ils méditent, ce qu'ils projettent, ce qu'ils réprouvent. Il surveille et révèle la vie publique et privée des hommes en vue, les travaux et les habitudes des artistes connus. Et ce qu'il note dans son pays, les autres journaux ou ses correspondants le notent dans les pays étrangers et le lui communiquent aussitôt par le télégraphe.

Le mouvement scientifique le préoccupe également : il prête une attention éveillée à l'hypnotisme, aux microbes, aux rayons X, à la dernière invention extraordinaire. Il ne néglige pas la psychologie, et les inquiétants problèmes de la criminalité dans ses rapports avec l'aliénation mentale lui fournissent beaucoup de copie. Sans doute, l'information en toutes ces matières n'est pas toujours rigoureuse, exempte de critique, mais elle est toujours active et abondante.

Le reportage pénètre partout, procède sans parti pris à une perpétuelle et minutieuse enquête sur les hommes et les choses. En cas de grève et d'émeute, il s'en va interroger les patrons, les ouvriers, les autorités, les gendarmes, rapporte fidèlement les opinions de tous : c'est à ses lecteurs à en prendre ce qu'ils voudront. Avec le même empressement, il ira s'enquérir des détails, des circonstances, du cérémonial d'un mariage de princesse, désireux de faire l'inventaire du trousseau, de savoir à quoi s'en tenir sur la dot, et de vous dire la mine de la mariée, l'émotion de sa mère, la physionomie des invités et ce qui a été mangé au dîner de noce.

Un crime également le met en mouvement : rien de la vie, des habitudes, des antécédents de l'assassin ne lui doit rester étranger; heureux s'il peut parler à cet assassin lui-même et lui demander ce qu'il pense de son arrestation, car les mœurs des criminels l'intéressent autant que celles des grands de la terre ou des animaux étranges et des hommes préhistoriques.

Son triomphe, c'est d'aller ainsi causer avec les gens sur lesquels l'attention se trouve momentanément attirée et d'enregistrer leurs opinions : politiciens, artistes, savants, dompteurs, danseuses, malades qui ont subi une opération rare, particuliers échappés d'un accident, tout lui est bon. Et leurs propos, qu'il rapporte, sont inévitablement enguirlandés de portraits de leurs personnes, de descriptions de leurs appartements, de leurs cabinets de travail, de leurs ateliers, d'indiscrétions sur leur existence. C'est l'interview, dans laquelle il s'efface lui-même pour montrer et laisser parler ceux dont le public peut être curieux de connaître l'avis, l'impression, la manière d'être.

Dans tout cela, notez la curiosité éveillée pour la vie individuelle, pour la particularité intellectuelle ou morale quelle qu'elle soit, l'ardent désir d'apprendre et de connaître, le besoin d'investigation scientifique qui se révèle sous une forme vulgaire et banale, mais qui répand tout de même dans la masse des notions nouvelles et fécondes.

Et qu'est-ce que le roman naturaliste fait d'autre que le journal? Moins hâtivement écrit, d'une forme plus soignée, plus libre de choisir et de développer ses sujets, sans doute, n'est-il pas, presque toujours, un faits-divers lui aussi, plus long et mieux conté seulement que l'autre?

Ne satisfait-il pas aussi à ce besoin de connaître tous les mondes, de pénétrer dans tous les états d'âme, de voir toutes les espèces d'hommes agir sous l'influence de leurs caractères et de leurs milieux, de s'initier à toutes les particularités, à toutes les étrangetés, à toutes les surprises de la vie?

N'est-il pas au journal ce qu'à chaque époque l'œuvre d'art pure a été aux œuvres d'art appliqué, une manifestation plus haute, plus abstraite, plus caractérisée des mêmes goûts, des mêmes tendances, du même esprit?

Deux grandes influences dominaient naguère la vie moderne et se sont reflétées dans le roman naturaliste : l'influence démocratique et l'influence scientifique.

La première dure toujours; mais une sorte de réaction tend, depuis quelques années, à se manifester contre la seconde : le besoin d'illusions, la peur inspirée par les implacables révélations de la science, les sévères devoirs de moralité et la résignation qu'impose la connaissance plus complète des lois naturelles et de leurs conséquences, la paresse qui s'effraie de rompre avec les règles commodes et les habitudes routinières ont rejeté un certain nombre d'esprits dans les rêves de l'inconnu, dans les espérances d'un domaine situé hors de l'empire des lois naturelles, vers les châteaux en Espagne de l'au-delà.

La tendance manifestée par le Socialisme se développe précisément parce qu'elle poursuit un bonheur chimérique, la conception d'une humanité et d'un monde meilleurs, parce qu'elle fait bon marché de la réalité, parce qu'elle est une forme de spiritualisme terrestre.

C'est cette réaction contre la Science, ce réveil du sentiment religieux, qui tendent à discréditer aujourd'hui le Naturalisme littéraire. Mais l'influence démocratique et l'influence scientifique, qui ont naguère fait bon ménage quoi qu'elles pussent avoir de contradictoire, se sont vivement affirmées en lui et lui ont donné son caractère et sa vogue.

La poussée démocratique s'est affirmée par l'irruption, dans le roman, d'une nouvelle catégorie de héros. Elle a fait découvrir un autre personnage intéressant que le prince, le soldat, le chevalier, l'homme de qualité, l'artiste, le poète, la grande dame, la jeune fille liliale, le berger pastoral, le laboureur bucolique, le rêveur bizarre et amer. Le Romantisme avait préparé l'événement en lançant dans la circulation ses Quasimodo, ses Ruy Blas, ses Jean Valjean, et les personnages extraordinaires, quoique de basse extraction, qui peuplent les romans d'Eugène Sue.

Il vint à l'idée que l'homme du peuple ne devait pas être extraordinaire pour être digne d'attention. La puissance mieux comprise et l'importance capitale des masses suggérèrent que les éléments les plus ordinaires de ces masses, l'homme ou la femme du peuple, tels quels, s'imposaient dorénavant à l'observation. Leurs aspirations, leurs souffrances, leurs colères et leurs joies, leurs rêves, leurs révoltes, leurs vertus et leurs vices, leurs amours, toute leur existence devinrent matière à roman. Toute une littérature naquit de là, avec des livres typiques comme *Germinie Lacerteux*, *les Sœurs Vatard*, *l'Assommoir*, *Germinal*, *la Terre*.

Un nouveau personnage intéressant s'était levé : le Travailleur, malheureux, souffrant, broyé sous l'ordre social comme le grain sous la meule, absorbé par les besoins de la vie animale, sourdement épris d'idéal pourtant, rêvant la solidarité, l'abaissement des superbes et des exploiteurs, l'élévation des humbles, l'institution par la loi et l'administration d'un bonheur à la gamelle, auquel ses compagnons et lui se rassasieraient largement, à parts égales, sans que personne pût en consommer plus que les autres.

C :t intérêt qu'excitaient les déshérités poussait d'ailleurs le roman à chercher ses sujets encore plus bas. Au-dessous des malheureux normaux, on avait découvert la couche misérable des anormaux, des dégénérés et des déséquilibrés que la fatalité mène au vice et au crime. Ils étaient légion; ils exerçaient aussi dans la masse humaine des actions qui appelaient violemment l'attention. Leurs âmes malades recélaient des abîmes de souffrance et de mystère. Pour eux aussi, l'écrivain curieux de vérité et de découverte se passionnait; mais pour distinguer quelque chose dans ces régions de ténèbres remplies de monstres, on trouvait une lumière : on trouvait les récentes découvertes de la Science sur la nature humaine.

La Science expérimentale avait acquis en ce siècle une autorité, une importance sans précédent. Elle avait imposé à la trop vaine raison, au trop confiant sens commun, les résultats incontestables de ses observations.

Elle avait établi les propriétés éternelles de la matière, ses rapports indissolubles avec la force. Le jour où Lavoisier, avec ses balances, avait anéanti la théorie du phlogistique, montré que dans la combustion d'un corps il n'y a point perte d'un élément imaginaire, mais combinaison, fixation d'un élément déterminé, production d'un composé de l'oxygène avec le corps prétendûment déphlogistiqué, addition et non soustraction, la science d'imagination avait reçu un coup décisif.

Et les jours comme ceux où un vétérinaire italien appliquait sous son microscope le sang miraculeux apparu sur des hosties et voyait que ce sang n'était qu'une agglomération de minuscules champignons rouges dont les spores flottant dans l'air s'étaient fixées dans un milieu favorable à leur développement, une nouvelle voie était ouverte aux investigations dans l'inconnu.

Il n'y avait plus désormais de Science sans balances, sans microscopes, sans réactifs, sans laboratoires, sans instruments enregistreurs, corrigeant les erreurs de nos sens grossiers. Tout ce que l'humanité avait pensé devait être repensé. Tout ce qu'elle avait cru voir devait être revu. Tout l'amas des connaissances avait été soumis à revision. Et si l'on n'avait pas conquis définitivement la Vérité, si l'on demeurait effrayé de tout ce qui demeurait en elle d'inaccessible, on pouvait dire, en toute bonne foi, qu'on s'en était rapproché d'un saut énorme, qu'on en avait conquis une assez belle part pour mettre à néant une prodigieuse somme d'erreurs.

Sans doute, l'avènement de la Science expérimentale remontait déjà à loin; bon nombre de ses instruments, de ses méthodes étaient en usage depuis longtemps. L'acquis scientifique du siècle passé était déjà considérable. On connaissait le système du monde depuis Newton; on avait depuis longtemps découvert les grandes lois de l'optique et de l'acoustique, isolé des corps simples, analysé des corps composés, démontré l'indestructibilité de la matière, formulé les principes de la géologie, aperçu le mécanisme de la fécondation des plantes, compris les procédés de la digestion et de la respiration, recueilli les principales données de la physiologie et de la zoologie, deviné l'influence du milieu sur l'organe, la puissance de l'hérédité.

Mais, maintenant, toutes ces découvertes se juxtaposaient, se reliaient, se soudaient, s'organisaient en un formidable ensemble, englobaient l'univers, montraient toutes choses : de l'atome aux soleils dont les mondes sont les poussières, de la cellule aux animaux supérieurs, soumises aux mêmes imprescriptibles lois. Une prodigieuse synthèse était faite.

L'astronomie et la géologie avaient montré le peu d'importance qu'a dans l'Univers cette minuscule Terre qu'on en avait si longtemps considérée comme le centre — et le ridicule de la conception qui faisait des étoiles une simple parure au ciel de ses nuits. La paléontologie, la botanique, la zoologie avaient révélé l'évolution des êtres et leur lutte pour l'existence. La physique et la chimie avaient engendré la physiologie, et l'on s'apercevait que les êtres vivants les plus complexes ne sont qu'un résultat du jeu des lois qui régissent la Nature.

Dans tous les actes, toutes les manifestations de la vie on ne découvrait que des reflets de ces lois. La science de l'âme enfin, quelque somme d'inconnu qu'elle présentât, se trouvait subordonnée à l'étude du cerveau, c'est-à-dire d'une agglomération, façonnée par l'hérédité, de cellules mises en relation entre elles et avec les autres parties du corps par des conducteurs matériels et des courants dynamiques. L'anthropologie et la linguistique rattachaient encore l'homme à la nature animale par d'innombrables liens.

Une conception nouvelle de l'homme s'était *formée*, toute différente de celle qui avait régné jusque-là, toute différente de celle qu'avaient traduite la littérature classique et la littérature romantique.

La vieille mécanique du cœur humain était détraquée; on l'avait cassée dès qu'on avait voulu voir ce qu'il *y* avait dedans. L'homme doué de libre arbitre, de raison et de volonté indépendante, trouvant dans la conscience une base d'appui pour se diriger vers le bien ou vers le mal à son gré; l'homme libre de ses actes, bienfaisant ou malfaisant, innocent ou coupable à son choix, assistant en arbitre aux luttes de ses passions et décidant de la victoire; l'homme qu'il fallait, par conséquent, récompenser s'il était bon, châtier s'il était mauvais, s'anéantissait.

Cet homme-là n'était plus qu'une illusion de son orgueil. Il s'effondrait avec les vieilles divinités à l'image desquelles il se croyait fait et qui n'étaient elles-mêmes que ses débiles images. Il abandonnait l'ambitieuse théorie de lui-même qui depuis si longtemps le flattait tout en le faisant cruellement souffrir. Il reconnaissait officiellement la force irrésistible des passions et des impulsions dont il est le jouet et dont l'antique Fatalité avait déjà symbolisé la toute-puissance. Il reconnaissait dans Job et dans Œdipe les véritables ancêtres de son esprit.

Le Déterminisme corroborait le dogme sombre et impérieux

de la Grâce chrétienne, qui ne lui permet pas d'échapper au péché sans le secours d'en haut, qui le prédestine au bien ou au mal, qui lui donne le paradis ou le voue au supplice éternel. L'hérédité lui faisait un peu mieux comprendre sa faiblesse que, dans son ancienne misère, il avait attribuée humblement et dévotement à la volonté impeccable de Dieu. La résignation darwinienne devant les massacres et les cruautés des lois organisatrices de la lutte pour la vie remplaçait la soumission du calviniste ou du janséniste à l'incompréhensible Providence. L'admiration passionnée du savant pour la dédaigneuse nature, qui semble mépriser de si haut toutes les règles de la justice humaine, succédait à l'adoration de l'ascète pour le Dieu qui l'avait torturé.

Le changement, c'est qu'aux appréciations émotionnelles, aux sentiments personnels au moyen desquels la raison s'était efforcé d'apprécier l'homme jusque-là, la Science avait substitué une quantité prodigieuse de faits d'observation, classés et étiquetés, fournissant arguments contre le libre arbitre.

L'homme ne différait plus de l'animal par une âme indépendante et immortelle.

Non seulement il se rattachait à l'animalité par tous ses caractères physiques, par son sang, par sa chair, par ses os, par sa structure, par ses viscères, par les procédés de sa nutrition qui le font vivre tous les jours, par les procédés de sa reproduction qui font vivre son espèce à travers les âges, par ses maladies communes à d'autres espèces, par son cerveau dont les caractères anatomiques le rapprochent plus des singes anthropomorphes que le cerveau de ceux-ci ne les rapproche des autres animaux, par ses sens, par sa peau, par tout son aspect lorsqu'à l'état embryonnaire il est si difficile à distinguer des autres vertébrés et révèle par tout son aspect ses humbles origines, par ses monstruosités qui si souvent rappellent tyranniquement la brute chez l'individu né au cœur de la civilisation la plus haute.

Mais encore, en analysant son âme, sa fameuse âme, en

séparant ses éléments intellectuels et émotionnels, voilà qu'on les trouvait tous, à un état plus ou moins développé, chez les animaux qu'il dédaignait.

Rien n'était plus écrasant pour sa prétendue supériorité que les témoignages fournis contre elle par l'état d'humanité inférieure qu'il avait traversé et que l'on constatait encore chez les peuplades primitives.

La place distinguée qu'il occupait dans la création, il devait s'avouer qu'il l'avait non reçue par grâce spéciale, mais lentement conquise; et rien ne lui garantissait qu'il la garderait toujours.

Il devait reconnaître que la différence intellectuelle était moins grande entre un singe et un homme de la Terre de Feu qui ne sait pas compter jusqu'à dix, dont le langage ne contient pas de mots abstraits, qu'entre ce Fuégien et un Newton ou un Shakspere, son frère! Il voyait ses semblables les plus civilisés engendrer des idiots plus stupides et des fous plus cruels et plus méchants que les bêtes. Il trouvait chez les animaux toutes ses propres qualités, celles même dont il est le plus fier, et il trouvait chez lui-même tous leurs défauts ([1]). Il les voyait comme lui, et parfois plus que lui, braves, héroïques, fidèles, dévoués à leurs petits, susceptibles d'amitié et de solidarité, actifs, patients, reconnaissants, attentifs, économes, curieux, doués de mémoire, ingénieux, inventifs, sociables. Et il se voyait autant qu'eux égoïste, lâche, cruel, jaloux, lubrique, imprévoyant, intempérant.

Les insectes avaient fondé des sociétés qui réalisent tous les rêves du bonheur collectiviste; les nids des oiseaux, les digues des castors, les ruches des abeilles montraient leurs architectures savantes. Des singes et des oiseaux vivant en société, des troupeaux sauvages avaient imaginé des tactiques de guer. . Les animaux avaient un langage, peu varié sans doute, mais adapté à leurs besoins, traduisant leurs idées et leurs émotions, suffisant pour leurs relations avec leurs pareils, aussi

([1]) Voir, par exemple, pour les exemples que nous ne pouvons citer ici : Darwin, *l'Origine des espèces* et *la Descendance de l'homme*; Houzeau, *les Facultés mentales des animaux*. Les auteurs abondent!

étendu que celui des jeunes enfants. Ils avaient une esthétique : les oiseaux se livraient à des concours de chant, à des tournois de grâce pour se faire choisir par leurs femelles, à l'époque des amours. Et les beautés et les grâces appréciables pour nos sens de toutes les espèces : les plumages colorés, les pelages luisants, les reflets irisés, les voix charmantes étaient le résultat du choix exercé avec goût, de génération en génération, par les coquettes de toutes les espèces (¹).

L'homme ne trouvait rien en lui dont il n'y eût trace en eux, rien en eux dont il n'y eût restes en lui. Toutes les formes de la famille : monogamie, polygamie, polyandrie existaient chez eux comme chez lui. Ils avaient des républiques et des monarchies. Leurs troglodytes étaient ses anarchistes. Il avait conservé des goûts immondes de brute, puisqu'il mange tout vifs des animaux dégoûtants comme les huîtres, les moules. Et lorsqu'il cherchait à dissimuler toutes ces ressemblances en disant que les mêmes effets étaient chez eux des manifestations de l'instinct, chez lui des merveilles de l'intelligence, il se réfugiait derrière la vaine apparence des mots.

Donc, il était autre qu'il se l'était imaginé. Il devait chercher dans des lois éternelles et immuables la raison de son existence et de sa manière d'être. Il comprenait que ses actes, bons ou mauvais, toutes les manifestations de sa personnalité étaient déterminés par des causes complexes, plus fortes que lui, qu'il n'échappait pas plus que les autres espèces à la domination de l'instinct; qu'il fallait envisager les faiblesses et les vilenies humaines avec philosophie et penser comme Philinte :

> Oui, je vois ces défauts dont votre âme murmure
> Comme vices unis à l'humaine nature;
> Et mon esprit enfin n'est pas plus offensé
> De voir un homme fourbe, injuste, intéressé,
> Que de voir des vautours affamés de carnage,
> Des singes malfaisants et des loups pleins de rage.

La règle était générale. Un drôle quelconque, un imbécile, un criminel, on pouvait les observer avec autant d'intérêt qu'un

(¹) *La descendance de l'homme.*

individu normal, puisqu'ils pouvaient nous apprendre quelque chose sur cette complexe et curieuse nature humaine. Et on pouvait les observer avec indulgence, puisque ce n'était pas leur faute s'ils étaient tels que la nature les avait faits, puisque l'infirmité morale ou intellectuelle n'engageait pas plus, en somme, la responsabilité que l'infirmité physique. Et les souffrances, les martyres de tous les misérables moraux, les instincts mêmes les plus bas de la bête humaine s'imposaient à l'attention, inspiraient une sympathie à l'écrivain. Le Naturalisme littéraire allait collectionner le document humain, c'est-à-dire chercher à pénétrer, à comprendre, à expliquer toutes les manifestations de la vie, enveloppant les plus basses, même, d'intérêt et de pitié.

Toute la psychologie nouvelle tendait à dissiper le rêve de la liberté humaine, donnait raison à une littérature qui, revenant à d'antiques et larges traditions, se dégageait du cercle artificiel des personnalités choisies et de la bonne compagnie où s'était complu l'école classique pour s'intéresser à toutes les manifestations de l'âme humaine.

Une liaison étroite s'affirmait entre tous les phénomènes mentaux, jusque-là aveuglément considérés comme indépendants, que nous révèle la conscience — entre tout ce que nous appelons idées, sensation, sentiments, volonté et des phénomènes physiques ayant pour siège notre système nerveux.

L'observation si longtemps négligée de ces liaisons, — si nouvelle, si difficile, si imparfaite et si incomplète qu'elle fût encore, — fournissait des résultats capitaux, bouleversant irrévocablement les vieilles bases de la théorie de l'homme intellectuel et passionnel.

Elle montrait à quelles illusions il avait été exposé en s'observant exclusivement lui-même par la vue intérieure, au moyen d'un instrument aussi imparfait et aussi fallacieux que la conscience, combien mal il s'était rendu compte du fonctionnement de son intelligence.

Dans ce domaine, il n'avait envisagé que les effets et avait méconnu les causes. C'était comme une tapisserie qu'il n'avait jamais considérée qu'à l'endroit, qu'il s'était contenté d'admirer lorsque les figures et les paysages qui s'y présentaient étaient de son goût, de critiquer et de dédaigner quand il y voyait des couleurs ou des dessins déplaisants.

Maintenant, il s'avisait de se demander comment cette tapisserie était faite, pourquoi les images s'y produisaient; il était allé la regarder de l'autre côté, à l'envers. Et bien que toute l'étendue fût bien loin de lui en être abordable, qu'il n'en pût encore voir même qu'une médiocre partie, il en tirait, relativement à la constitution des tapisseries, des notions toutes nouvelles.

Il avait vu l'enchevêtrement des fils, la nature du travail qui produit les beaux dessins illusoires. Il avait dû comprendre qu'aucun point n'est visible à l'endroit de l'ouvrage sans qu'il soit le résultat d'un certain travail fait à l'envers; qu'il existe, d'autre part, à l'envers, une grande quantité de fils qu'on ne voit pas à l'endroit, mais qui n'en ont pas moins essentiellement contribué à la confection du dessin; que tout cela tient sur un canevas qui, si grossier qu'il soit, est aussi indispensable à l'existence de la tapisserie que des fils les plus fins et les plus chatoyants.

Cette tapisserie, c'était notre esprit : le canevas grossier mais indispensable, c'était le corps qui lui sert de base; l'envers, avec ses fils enchevêtrés, c'était le système nerveux; l'endroit, c'était le champ de la conscience.

Il fallait se résoudre à admettre, désormais, que toute activité psychique constatée par elle, sensation, émotion, pensée, passion, désir, impliquait une activité nerveuse qui en était la cause; et que cette activité nerveuse, si complexe qu'en fussent les manifestations, était réglée par des lois aussi inexorables que, par exemple, l'activité électrique engendrée dans un réseau du télégraphe.

Subsidiairement, il se découvrait qu'il se passe dans nos centres nerveux et dans tout notre organisme, une quantité d'événements qui ne se manifestent ni par des sensations, ni par des idées, ni par des désirs immédiats, dont nous n'avons pas directement conscience et qui contribuent tout de même autant, sinon plus que les événements dont nous sommes conscients, à la constitution de notre personnalité.

La conscience, seule usitée jusque-là pour observer notre être, avait rendu chacun de nous semblable à un pauvre myope qui, de la lucarne d'un grenier, cherche à regarder ce qui se passe sur une place. Il n'a pour s'aider qu'une mauvaise lorgnette, avec laquelle il n'aperçoit un peu distinctement qu'une petite partie de la place et de la foule qui y grouille. Des gens vont, viennent, courent, crient, s'agitent. Il n'en peut voir qu'un petit nombre à la fois, et il ne sait pas, la plupart du temps, ce qui les émeut. Sans la lorgnette, il découvre un plus grand espace de la place, mais il ne le distingue que très vaguement. Enfin, il ne sait rien de ce qui arrive dans les rues avoisinantes et qui contribue souvent aux remous de la foule visible.

Les événements de notre esprit, que nous cherchons à deviner en le regardant, en nous-même, avec la mauvaise lorgnette de la conscience, nous sont tout aussi peu compréhensibles. Sans elle, nous ne sentons que de confuses poussées de satisfaction ou de malaise, un brouhaha d'impulsions violentes parfois, mais toujours obscures. Avec elle, nous distinguons des idées, des sensations, des émotions qui se croisent, se heurtent, se contrarient, luttent pour prendre certaines directions ; nous en reconnaissons d'habituelles, semblables à des passants familiers et quotidiens se rendant à la même heure à leurs affaires, et d'exceptionnelles, de rares, d'inquiétantes. Mais nous ne savons guère d'où elles viennent, où elles se précipitent, quelle est la cause de leurs antagonismes. Nous en apercevons quelques-unes à la fois. Nous ne les voyons jamais toutes ensemble.

Un immense et ténébreux domaine — le domaine de l'inconscient — où s'élaborent nos actions machinales, irréfléchies, instinctives, d'où s'élancent, comme des ouragans, les impulsions irrésistibles liées à la satisfaction des besoins fondamentaux de la nutrition, de la reproduction, de toute la vie végétative, nous demeure aussi inconnu que les régions inaccessibles des pôles.

Nous connaissons passablement nos raisons; nous sentons moins bien nos émotions, qui cependant leur font la loi, ces « raisons du cœur que la raison ne comprend point »; nous devinons à peine nos instincts. Et cependant, dans un nombre prodigieux de nos aventures mentales, nos instincts emportent émotions et raisons comme un torrent emporte une misérable digue de boue et de roseaux!

Aussi longtemps, donc, que nous n'avons fait que nous observer nous-mêmes au moyen de la vue interne, de la conscience, nous n'avons connu qu'un aspect décoratif, mais extraordinairement incomplet de notre nature : la partie la plus séduisante, mais la plus débile de ce que nous sommes. Nous n'avons vu que l'ombre de nous-mêmes.

Ce n'est qu'après avoir recouru à d'autres moyens d'investigation que nous nous en sommes fait une idée plus complète et plus exacte.

Nous n'avions encore attaché d'importance qu'au cylindre de la machine; nous sommes allés en découvrir le générateur.

Sans doute, pour comprendre toute la machine, il fallait les deux moyens d'examen : la conscience était indispensable. Sans elle, nous ignorions toute la vie psychique. Nous aurions beau disséquer des cerveaux et des nerfs, nous n'apprendrions pas ainsi ce que c'est qu'un plaisir ou une douleur, une émotion ou une idée. Mais, d'autre part, la conscience seule ne nous a jamais permis de découvrir les conditions de cette douleur ou de ce plaisir, de cette émotion ou de cette idée. Il a fallu les chercher dans l'analyse attentive et si délicate du système nerveux. C'est par là que nous avons complété la connaissance de notre moi, acquis la notion des causes physiques sans lesquelles les effets psychiques n'existent pas.

Et nous avons trouvé un système aussi fragile que notre esprit lui-même, une complication et une instabilité matérielles correspondant bien à toute cette complication et cette instabilité mentales.

Nous avons trouvé les nombreuses agglomérations de

cellules nerveuses formant les centres de la moelle et de l'encéphale, et les filets nerveux établissant des communications si enchevêtrées entre les centres eux-mêmes ou entre les centres et les parties du corps *sensibles*, propres à recevoir les premiers chocs des actions du dehors, d'une part, et celles qui sont propres à provoquer ses mouvements, de l'autre.

Nous avons découvert ceux de ces filets nerveux qui transmettent aux autres les impressions du dehors et ceux qui transmettent aux muscles les incitations du dedans, qui déterminent leurs contractions et leurs mouvements : les sensitifs et les moteurs.

Des *avis* venus du dehors et traduit en *ordres* par une administration centrale conformément à son organisation particulière, c'est l'homme.

Imaginez une maison d'affaires télégraphiquement reliée à des agents d'information et d'exécution ; les filets nerveux sont les fils du télégraphe ; les centres nerveux sont les employés d'une administration hiérarchiquement organisée, avec des relations et des dépendances très complexes.

Un avis transmis du dehors donne lieu à un ordre immédiat s'il s'agit d'une affaire courante ou sans importance. C'est l'acte *réflexe*, le mouvement habituel, machinal, que nous faisons sans y penser ; c'est le mouvement par lequel nous reprenons notre équilibre lorsque nous venons à trébucher, c'est celui par lequel nous retirons la main approchée par inadvertance d'un objet brûlant, c'est le clignement de l'œil envahi par une poussière, c'est la déglutition de la salive. Actions routinières auxquelles l'intelligence semble ne pas avoir part, parce que nous les exécutons par habitude, de mémoire, mais qui ont cependant une importance capitale et perpétuelle dans la conservation de notre existence.

Si l'affaire est moins ordinaire, plus délicate, ce n'est pas aux employés inférieurs qu'il appartient de prendre parti sur l'avis qui en est donné. Cet avis est transmis à des cellules de plus haut grade, qui en délibèrent entre elles, chacune obéissant à sa nature, l'enregistrent parfois longtemps avant de prendre une décision.

De l'action réflexe nous passons à l'action réfléchie, raisonnée, consécutive à des avis de plus en plus nombreux et enregistrés depuis des intervalles de plus en plus longs.

Du simple acte réflexe, immédiat, confié à un bureau cellulaire de la moelle, nous nous élevons, par degré, à l'acte le plus compliqué, à la résolution la plus difficile, prise, après longue délibération, par les fonctionnaires supérieurs de cette hiérarchie cellulaire, par les centres les plus élevés du cerveau, après agitation et avis de tout le personnel ; car le personnel inférieur n'obéit pas aussi bien qu'on le pourrait croire, et est, comme dans toute administration, particulièrement routinier, têtu ; il faut d'énormes efforts pour changer ses habitudes ; et sa force d'inertie rend souvent inutiles les plus sages décisions des fonctionnaires supérieurs.

Tout ce que nous disons là est, nécessairement, très imagé, très abrégé, très schématique. Nous n'avons pas la prétention d'exposer et de justifier ici la physiologie du système nerveux. Nous ne voulons que signaler le résultat important et le plus général acquis pour la psychologie : savoir qu'entre l'acte réflexe, élémentaire, dont nous parlions plus haut, et l'action la plus compliquée que nous puissions exécuter, il n'y a pas de différence essentielle. Il n'y a qu'un passage du simple au compliqué, de l'opération courante faite avec le concours routinier d'un petit nombre d'employés à l'opération rare qui exige un grand concours de fonctionnaires et une grande dépense de formalités, sans parler du bon plaisir douteux de quelque gros bonnet décidant en dernier ressort et obéissant à des influences souvent mal définies.

Étant donnée l'administration avec ses fonctionnaires et les influences extérieures, la résolution finale a toujours quelque chose de déterminé et de fatal.

Ce qui arrive devait mathématiquement arriver.

Nous ne sommes vraisemblablement, comme le dit M. Paulhan dans sa petite *Physiologie de l'esprit*, qui résume fidèlement ces données, « que des automates dont les excitations du « monde extérieur font jouer les ressorts, soit directement, « en suscitant des réactions immédiates, soit indirectement,

« après une traversée plus ou moins longue dans l'intérieur « des centres nerveux... Tous nos actes ne sont que des « réflexes plus ou moins compliqués, mais déterminés par la « constitution intime de nos centres nerveux et la nature des « excitations reçues, présentes ou passées.

« D'un extrême à l'autre de la série, dit d'autre part Ribot, « la différence se réduit à deux points : d'un côté, une extrême « simplicité ; de l'autre, une extrême complexité. D'un côté, « une réaction toujours la même chez tous les individus d'une « même espèce ; de l'autre, une réaction qui varie selon « l'individu, c'est-à-dire d'après un organisme particulier, « limité dans le temps et dans l'espace. »

Ainsi, la notion de la liberté disparaît, puisque tout arrive spontanément, fatalement, dans un système nerveux donné. La conscience n'y change pas grand'chose, très vraisemblablement. Elle fournit à l'individu des renseignements dont il est, dans la plupart des cas, incapable de profiter. Ses phénomènes à elle sont accessoires et disparaîtront probablement un jour du domaine où ils se produisent aujourd'hui pour gagner un domaine plus élevé : car il est admis qu'il en a été ainsi dans le passé, que nos actes réflexes ne sont devenus inconscients qu'avec le temps, après un long passage de générations ; qu'ils ont été eux-mêmes conscients dans le principe. La conscience a pour origine l'irritabilité primitive de toute matière vivante (1). A mesure que ce système nerveux se développait par l'évolution de l'espèce, la conscience se retirait, en s'affinant, des centres inférieurs vers les centres supérieurs où elle est maintenant localisée.

Ainsi, ces prétendues facultés de l'âme ne sont que les aspects illusoires de réelles facultés du corps.

Prenons la mémoire. Un certain acte a laissé dans une cellule une trace, un résidu qui la prédispose à fonctionner d'une certaine façon. Ce résidu apparaît du côté de la conscience comme un souvenir. Les souvenirs forment les éléments de la mémoire, qui n'est qu'une réviviscence de la sensation déjà

(1) Voir Dallemagne, *Dégénérés et déséquilibrés.*

éprouvée; l'oubli n'est que la disparition momentanée ou définitive du champ de la conscience.

Il faut, c'est à remarquer, entendre la mémoire bien plus largement que nous ne le faisons d'ordinaire. L'habileté acquise dans un exercice par la répétition d'un acte est déjà de la mémoire. Tous nos organes ont des mémoires spéciales; leur travail inconscient est une mémoire. Ce que nous appelons ordinairement mémoire, la mémoire consciente, n'est qu'un cas particulier de la mémoire générale, composée elle-même d'une quantité de mémoires particulières.

Ce qui prouve la dépendance de la mémoire envers le corps, ce sont les désordres qu'elle éprouve à la suite des désordres et des lésions du système nerveux; ce sont les pertes de mémoire causées par une chute sur la tête, une crise nerveuse, un choc, une attaque d'épilepsie, une lésion du cerveau. C'est ainsi que l'hémorragie cérébrale, l'apoplexie, le ramollissement, la paralysie générale conduisent graduellement à l'abolition complète de la mémoire.

Passons à la volonté. Mais nous possédons moins une volonté que des volontés, des volitions qui sont des réactions momentanées de l'individu sur le milieu. Et quand nous disons individu, nous entendons le système nerveux tout entier, tant inconscient que conscient. Les prétendues luttes de la conscience ne sont que le reflet de la lutte des forces réelles, physiques, nerveuses, en présence, dont la résultante est déterminée en grandeur et en direction par leurs grandeurs et leurs directions respectives. Ribot compare ingénieusement la volition au verdict d'un jury qui peut être le résultat d'une instruction criminelle très longue, de débats très passionnés, qui sera suivi de conséquences graves, s'étendant sur un long avenir, mais qui est un effet sans être une cause, n'étant en droit qu'une simple constatation.

On réduit beaucoup l'importance de la volonté consciente, celle qui nous préoccupe seule communément, si l'on tient compte, dans chaque existence, de ce qui doit être inscrit au compte de l'automatisme, de l'habitude, des passions et de l'imitation. Le nombre des actes purement volontaires devient alors bien petit!

Et voyez comme cette volonté est à la merci du corps, alors qu'une simple drogue agissant sur ses organes, — l'alcool, le hachisch, l'opium, l'éther, la cantharide — en ont si aisément raison, alors qu'un charlatan de magnétiseur en fait ce qu'il veut, alors qu'une maladie nerveuse maintenant bien constatée, la neurasthénie, la réduit à néant, alors qu'une lésion de circonvolutions frontales amène sa perte totale.

Ici encore, ne trouvons-nous pas sous le fait psychique, l'illusion de la conscience, le fait matériel qui en est la cause : une impulsion insuffisante ou exagérée des centres moteurs?

La personnalité, qui n'est constituée que par une suite d'états de conscience, avec le « sens du corps » pour base, n'est-elle pas encore intimement liée à l'état de celui-ci? Tout état morbide du système nerveux n'engendre-t-il pas un état morbide de la personnalité? Les modifications que la température, la fatigue, l'alimentation, les excitants ou les stupéfiants produisent dans notre équilibre nerveux ne se traduisent-elles pas en nous par un sentiment d'exubérance ou de dépression, ne nous font-elles pas voir tout en noir ou tout en rose suivant le cas?

Une maladie de l'estomac, réagissant sur les nerfs encore, nous rend moroses, nous décourage, nous fait éprouver des sensations qui confinent à la folie, une hypéresthésie de la sensibilité et cette terreur bizarre des espaces déserts qu'on a appelée l'agoraphobie; une simple altération de la sensibilité cutanée peut bouleverser la personnalité, changer toute la conduite de l'individu, le faire passer de la vie la plus rangée aux tendances les plus vicieuses.

Que dire de ces dédoublements, de ces multiplications de la personnalité par lesquelles l'individu acquiert deux ou plusieurs existences distinctes, qui s'ignorent l'une l'autre? Et de ces pertes soudaines de la personnalité qui font de lui un autre homme, ignorant de ce qu'il a été jusque-là? Et de ces perversions de la personnalité qui lui font croire qu'une partie de son corps, ou tout son corps, est devenu de bois, de verre, de beurre, qu'il est mort ou flottant dans l'espace? Tout cela se rapporte à des troubles des centres nerveux.

Toujours et partout nous ne voyons dans nos facultés, dans tout ce qu'on a appelé âme, esprit, intelligence, qu'un reflet des phénomènes physiologiques, c'est-à-dire physiques et chimiques, qui ont leur siège dans nos organes.

Ces données sont récentes. Il n'y a pas longtemps que la vanité humaine a consenti à les admettre; et encore avec quelles restrictions, quelles arrière-pensées, quelles résistances, quelles velléités de révolte! Quelle masse d'hommes ne cherche pas à s'y soustraire encore! Que faible est la minorité assez éprise de la vérité pour y trouver les bases d'une foi solide, inébranlable, pour accepter la rude morale que dictent les lois naturelles!

Qu'elle est neuve encore et peu répandue cette idée de l'âme expression du corps, du corps expression des milieux, des circonstances, des agents extérieurs qui l'ont formé! Combien de temps et d'efforts faudra-t-il encore pour l'établir et l'imposer définitivement!

Qu'il y a peu qu'on s'est décidé à admettre l'assujétissement de l'âme au corps et l'influence de ses infirmités à lui sur ses écarts à elle chez l'aliéné même!

C'est récemment qu'on a fini par considérer le fou comme un malade et par comprendre que la cause des troubles de son esprit résidait dans certains troubles mêmes d'organes spéciaux qui devaient en être le siège, que sous son désordre intellectuel et émotionnel il existait toujours un désordre physique.

Et quand la masse comprendra-t-elle que l'infirmité intellectuelle a droit à autant de pitié que l'infirmité corporelle, qu'il est aussi cruel de tourmenter un imbécile ou un maniaque que de se moquer d'un boiteux ou d'un bossu?

Beaucoup de gens montrent encore cette disposition dont parle Maudsley, à aller visiter un asile d'aliénés comme ils iraient voir une ménagerie de bêtes féroces. Il reste dans la masse quelque chose des préjugés des hommes du moyen âge qui, considérant les fous comme des possédés du démon, croyaient les guérir en les traitant tout juste comme ils l'eussent traité lui-même, par le fouet, par le cachot, par les bûchers; ayant pris possession d'un individu, ces tourments infligés à cet individu devaient, à leur sens, l'atteindre en personne et l'engager à déguerpir de l'enveloppe de chair que l'on torturait !

Pendant la période métaphysique qui suivit la période religieuse, l'homme étant censé libre de faire le bien et de ne pas faire le mal, il n'était guère mis en doute que le fou n'eût le même pouvoir; son aberration était une perversité volontaire; les mauvais traitements lui étaient salutaires et devaient l'améliorer. L'irresponsabilité de l'aliéné ne se dégagea qu'à grand'peine des vieilles croyances barbares et des pratiques de l'ancienne médecine mentale qui en étaient la conséquence. Mais quelle découverte! Quels corollaires elle allait avoir!

Voici qu'on découvrait d'imprescriptibles relations entre l'aliéné et le criminel. Beaucoup de criminels n'étaient que des épileptiques, soumis à d'irrésistibles appétits du mal. On avait trouvé dans des cerveaux de suppliciés des tumeurs, des abcès, des lésions qui révélaient toute l'inutilité et toute l'horreur du châtiment judiciaire, de la vindicte publique. Il fallait bien reconnaître d'étroites parentés entre la démence et la criminalité, entre l'espèce qui peuple les maisons de fous et celle qui peuple les prisons. Quand les criminels n'étaient pas des fous eux-mêmes, ils avaient des fous parmi leurs proches. Il fallait se résoudre à reconnaître « que beaucoup de gens fussent devenus fous s'ils n'avaient été criminels et que c'est parce qu'ils étaient criminels qu'ils n'étaient pas fous [1] ».

Le crime n'était pas seulement l'abandon à de mauvais penchants qu'on peut réprimer; c'était le résultat de certains désordres nerveux, c'est-à-dire d'un phénomène physique se passant en nous et indépendant de nous. Pour amender le criminel, il eût fallu réformer toute sa nature. Mais comment? Et pouvait-on imaginer qu'on pût modifier à volonté le cerveau

(1) MAUDSLEY, *Le Crime et la Folie.*

d'un individu plutôt que son nez, ses yeux, sa taille? Que devenait encore une fois la liberté?

Quand la situation fut établie et admise pour quelques types caractérisés d'aliénés, d'épileptiques, d'hystériques, d'idiots, de malfaiteurs, il fallut bien aller plus loin, l'admettre aussi pour tout le peuple des déséquilibrés, des exaltés, des détraqués, des toqués, que l'observation impartiale ne permettait plus de considérer comme capables de résister à leurs impulsions et à leurs penchants.

Mais où finissait ce peuple étrange? Où était-il permis de tracer la fameuse ligne en deçà de laquelle sont les gens raisonnables et au delà de laquelle sont les insensés? *Natura non facit saltus*. La nature s'était plu à passer de la raison à la déraison par des nuances si délicates, si variées, que la limite en devenait imperceptible. Il y avait si peu de fous qui fussent tout à fait fous et de sages qui fussent tout à fait sages!

Qui n'avait pas son « grain »? Qu'est-ce qui distinguait nettement le fonctionnement d'un cerveau sain de celui d'un cerveau malade? Et les manifestations anormales d'un esprit logé dans un cerveau infirme ne montraient-ils pas, en dernière analyse, l'absolue dépendance de l'esprit à l'égard du cerveau, même quand celui-ci était absolument sain? Car si l'esprit était indépendant de la matière cérébrale, comment admettre qu'une altération, un dérangement de cette matière, l'introduction d'un corps étranger, le développement d'une tumeur dans cette agglomération de cellules et de fibres exerçassent un retentissement fatal dans ses manifestations à lui?

Et d'autres faits d'observation curieux et caractéristiques confirmaient la similitude du mode d'action du cerveau sain et du cerveau malade sur l'esprit.

Les fous qui, d'une part, confinent aux criminels, confinaient, d'autre part, aux hommes de génie. Les manifestations les plus élevées et les plus admirables de l'intelligence, comme ses manifestations les plus basses et les plus odieuses, étaient vraisemblablement les résultats d'un dérangement, d'une anomalie du cerveau. Il y avait sérieuse apparence de folie chez de grands réformateurs, de grands penseurs, de grands artistes, des grands hommes considérés comme des types supérieurs de l'humanité. C'étaient, à un certain point de vue, des espèces de monstres moraux. Ce qu'on admirait dans leur cas n'était que les effets par hasard heureux de la singularité qui distingue les déséquilibrés, les descendants des familles prédisposées à l'aliénation.

Rien de plus compréhensible : l'originalité qui était leur caractéristique n'était-elle pas toujours quelque chose d'un peu maladif? Était-ce chez l'homme vraiment normal qu'on trouvait cette indépendance d'esprit, ce dédain des idées reçues et des sentiments conventionnels qui sont la matière première de toute invention? Pourquoi un homme parfaitement « équilibré », c'est-à-dire adapté à la vie sociale de son temps, par conséquent satisfait des idées, des lois, des sentiments, des usages régnants, eût-il montré cet esprit d'affranchissement et de révolte, ce zèle, cette persévérance, ce fanatisme même sans lesquels on ne fait triompher aucune idée neuve, sans lesquels on n'arrive jamais à bousculer et renverser tout ce qu'il faut pour provoquer le moindre changement dans les manières d'agir, de penser et de sentir des hommes?

« L'étroitesse et l'intensité de la conviction, dit bien « Maudsley, quelque chose de la foi du monomane en ses « révélations particulières, un zèle fanatique pour l'action, « voilà ce qui est nécessaire pour constituer le réformateur. « Aussi, en toute vérité, peut-on s'assurer que beaucoup de « grandes réformes, dans le domaine de la pensée ou dans le « domaine de l'action, ont eu pour initiateurs des hommes « sortis d'une famille de fous et considérés eux-mêmes, du « moins, comme insensés. »

Ainsi la folie se réhabilitait, devenait dans certains cas une sorte d'idéal!

Tant de degrés de transitions étaient donc tracées entre l'état d'aliénation et l'état normal qu'il devenait difficile d'admettre que les aliénés seuls vécussent sous le régime psychologique qui fait de l'âme et de l'intelligence les manifestations de certaines fonctions du corps et que les individus normaux eussent une âme et une intelligence particulières, indépendantes et maîtresses absolues d'elles-mêmes.

La barrière d'abord élevée entre l'homme sensé et l'insensé, et qui avait permis d'étudier celui-ci sans être gêné par les préjugés anciens, disparaissait. Il n'y avait entre l'un et l'autre que des différences tout accidentelles, avec une même organisation fondamentale : un système nerveux compliqué, variant d'individu à individu, surtout dans les manifestations les plus délicates, mais soumis à des lois naturelles implacables, façonné par le milieu présent et l'hérédité, et dont le fonctionnement engendrait la personnalité mentale.

Si ce système fonctionnait d'une manière moyenne parmi ceux des autres individus de la race, conformément aux règles formulées par les mœurs, les usages, les lois, l'individu était considéré comme normal, sensé, équilibré.

S'il s'élevait notablement, à certains égards, au-dessus du fonctionnement intellectuel moyen, c'était un grand homme.

S'il restait au-dessous, c'était un fou, un criminel, un détraqué ou un imbécile.

Dans les deux derniers cas, certains chocs reçus du monde ambiant devaient se traduire en actes et en produits extraordinaires, appelés découvertes, œuvres d'art, bizarreries, forfaits, crimes.

Gœthe avait dit : « Tâche de te comprendre et de comprendre les choses. » Le Naturalisme chercha, comme la Science, à comprendre l'homme réel.

Il alla prêchant l'idée nouvelle qu'elle avait formulée; il eut foi en elle; il avait d'ailleurs deviné d'instinct ce qu'elle avait découvert par l'observation.

Il sentit, comme elle, l'empire tyrannique des sentiments, des instincts, des passions, le peu de poids de la raison et de l'éducation mises en balance avec les tempéraments, la fatalité qui façonne les caractères et préside aux actions des hommes.

Il vit par quelle étroite parenté la vaniteuse humanité se rattache à l'animalité originelle d'où elle est sortie. Il vit toute la faiblesse humaine et la barbarie de l'ancienne rigueur avec laquelle ses écarts avaient été traités. Il vit nos vices et nos sottises tenant à l'ordre des choses comme nos maladies et nos laideurs physiques, comme les excroissances d'un arbre, comme les irrégularités d'un cristal, comme l'acidité d'un fruit.

Il comprit que le plus misérable, le plus vil des caractères existe en vertu de raisons supérieures comme le plus noble et le plus sublime. Il comprit qu'un être humain est gourmand, envieux, sensuel, avare, haineux, criminel, lâche, paresseux, perfide ou bien frugal, bienveillant, chaste, généreux, charitable, dévoué, fidèle, brave, actif, comme il est gros ou maigre, grand ou petit, blond ou brun, droit ou voûté, comme il a le nez camard ou aquilin, l'haleine fraîche ou fétide, le pied plat ou cambré, sans qu'il en puisse grand'chose.

Tout, dès lors, — les vices comme les vertus, les défauts comme les qualités, les laideurs morales comme les beautés morales, — l'intéressa également et lui parut digne d'intéresser le lecteur. Il jugea que sa tâche était de comprendre et de faire comprendre. Au lieu de juger, il pénétra et expliqua. Au lieu de mépriser et de condamner, il fut indulgent, et eut pitié.

Il put ainsi pénétrer dans toutes les âmes, divulguer ce qui s'y passait. Il sentit que la Vérité, c'est-à-dire l'expression complète de la Vie, est pour l'Art comme pour les Sciences un idéal qui ne trompe pas; que l'artiste doit être, comme Shakspere, comme Rembrandt, un montreur d'âme impartial; qu'il n'y a que la fausse dévotion du goût pour se scandaliser de ce qui est fait pour toucher, émouvoir, de ce qui peut effrayer, mais ne peut pourtant être tenu dans l'obscurité; que la peinture du vice peut porter en elle sa leçon.

Ainsi prit naissance cette littérature naturaliste tant décriée, si mal comprise.

Diderot put décrire, dans le *Neveu de Rameau*, le plus merveilleux drôle que puissent élaborer, dans une société en décadence, l'abjection morale du parasite unie à des aspirations artistiques élevées et une intelligence supérieure.

Il put montrer dans la *Religieuse* — dont les imbéciles et les hypocrites n'ont voulu retenir que les images excitantes évoquées en leurs imaginations prédisposées — les abominations de la vie claustrale.

Balzac put faire vivre, dans sa *Comédie humaine*, Hulot, ce type de la luxure sénile, Lisbeth Fisher, cette incarnation de la jalousie haineuse, Valérie Marneffe, cet abrégé de la prostitution, et la bonté idiote du cousin Pons et du père Goriot, et l'avarice grandiose du père Grandet.

Stendhal put modeler avec amour son sinistre Julien Sorel, et montrer en lui les souffrances affreuses de l'ambition indomptable, le martyre de la vanité blessée, vous émouvoir avec l'affreuse histoire de cet égoïste tuant la seule créature qu'il eût jamais aimée le jour où il la trouve sur le chemin de son ambition.

Flaubert put aimer sa pauvre Bovary, lui faire préférer l'arsenic au pot-au-feu de la réalité bourgeoise.

Les Goncourt purent nous montrer leur Germinie Lacerteux, perdue par son fatal besoin d'aimer, leur Demailly, leur sœur Philomène, leur Coriolis, et tous les hystériques dont ils ont peuplé leur œuvre.

Alphonse Daudet put personnifier l'inconstance, le brillant, la vanité, l'illusionnisme d'une race dans son Numa Roumestan, son Jeansoulet, son Tartarin, montrer la dégénérescence royale dans son Christian d'Illyrie, le vice parisien dans sa petite Chèbe, la sentimentalité de la demi-mondaine dans son Ida de Barancy.

Maupassant put comparer la prostitution de la femme à la prostitution de l'homme en écrivant *Bel-Ami* après *Boule-de-Suif* et la *Maison Tellier*.

Zola put collectionner le vice bourgeois, ouvrier, paysan; Paul Alexis put écrire sa lamentable *Fin de Lucie Pellegrin;* Richepin, chanter les Gueux, les barbares demeurés dans notre civilisation; et une pléiade de poètes populaires, les Bruant, les Jouy, put recommencer Villon et croquer, en des chansons hardies, les types et les mœurs de la basse plèbe, les rôdeurs de barrière et les vieilles ivrognesses.

Georges Ancey put, dans la voie que Meilhac et Halévy avaient ouverte de leur ironie légère, lancer un théâtre nouveau, le théâtre de la *Dupe* et de l'*École des veufs*, où sa moquerie narguait d'un trait cinglant les lâchetés de la passion; Paul Alexis et Oscar Méténier purent faire monter sur les planches leur admirable Monsieur Betsy, Boniface et Bodin, leur Tante Léontine triomphante.

A travers ces différences de tempéraments, ironiques ou miséricordieux, on sentit chez tous la même curiosité, le même intérêt allumés par le fonctionnement de l'âme humaine, quelle qu'elle fût, noble ou ignoble, élevée ou basse, la même attention à toutes les manifestations de la vie, chez l'homme et la femme de toutes les conditions, le même sens droit du mal et du bien, la même aspiration vers une morale plus vraie, plus large, plus scientifique que la morale traditionnelle qui craque, de toutes parts, sous la poussée des faits, la même bravoure à attaquer toutes les injustices morales et sociales, le même recours à l'ironie comme à la plus grande force capable de combattre nos vices, qui sont toujours un peu des ridicules.

Cette littérature-là fut bien celle qui avait dû naître parallèlement à la psychologie et à la psychiâtrie de notre temps.

CONCLUSION

Nous avons cherché à caractériser le Naturalisme littéraire moderne, à en expliquer l'origine, à en définir les traits caractéristiques, à montrer, qu'en dépit des jugements tout faits, il ne fut qu'un retour à la Nature, motivé par tout ce qu'avaient eu d'artificiel l'école classique et l'école romantique françaises. Nous l'avons défendu contre les préjugés dont il a été, dont il est encore l'objet. Nous avons montré ses relations intimes avec l'esprit social et scientifique de notre temps, les grandes influences dont il est l'écho.

Nous sommes arrivé au bout de notre tâche. Nous n'avions pas l'intention d'analyser, dans ce cours, des œuvres spéciales de l'école que nous voulions faire comprendre. Nous n'avons invoqué ces œuvres qu'à titre d'exemple. Nous ne nous proposions que de faire, aussi exactement que possible, la synthèse du Naturalisme littéraire, tantôt exalté, tantôt dénigré avec une égale passion.

Croyons-nous, pour ce que nous avons dit, que le Naturalisme doive exclure le Romantisme ou, si l'on veut, l'Idéalisme la poésie même de la littérature?

Ce serait absurde : l'Idéalisme et le Naturalisme correspondent à deux tendances également inhérentes à la nature humaine et vraisemblablement aussi anciennes que la littérature elle-même : le besoin d'imaginer et le besoin de savoir.

Ce sont ces deux tendances qui ont fait coexister, de tout temps, la Science et la Religion, malgré leurs contradictions perpétuelles et la prépondérance décisive que tantôt celle-ci, tantôt celle-là, semblait prendre sur l'autre.

Plus nous apprenons de choses et plus nous en découvrons qui nous restent à apprendre, plus nous faisons d'hypothèses pour expliquer celles que nous ne savons pas.

Il ne faut point perdre de vue le symbole de Spencer : la Science représentée par une sphère qui, à mesure qu'elle grossit, multiplie ses points de contact avec l'Inconnu.

Quand le savant le plus positif arrive aux limites de la Science, il y découvre tant d'abîmes qu'il est forcé de reconnaître que tout ce qu'il croit savoir est basé sur ce qu'il ne sait pas, c'est-à-dire sur un certain nombre d'axiomes déduits des témoignages douteux de ses sens.

Il y a donc, au fond de toute science, une base de croyance aussi solide que la Science même. Et c'est la Science même qui nous impose le besoin de croire ; ce besoin de croire engendre fatalement celui d'inventer des sujets de croyance qui nous plaisent.

Il en résulte que la fantaisie nous est aussi nécessaire que la réalité. Et si, en art, le Naturalisme traduit celle-ci, c'est l'Idéalisme qui représente celle-là. A côté des œuvres qui tendent à nous faire voir les choses comme elles sont, il y aura toujours place et succès pour les œuvres qui nous les montreront telles que nous voudrions qu'elles fussent.

Les deux tendances existent chez l'homme complet. Celui qui dédaignerait l'imagination et la poésie serait un crétin au même titre que celui qui ferait complètement fi de l'intelligence. Elles reposent l'une de l'autre comme le sommeil de la veille, comme le rêve de la pensée et de la réflexion.

C'est pourquoi jamais l'une de ces littératures opposées ne triomphera de l'autre définitivement ; pas plus que la Science ne triomphera jamais définitivement de la Religion, celle-ci se transformant pour s'adapter aux exigences nouvelles de l'imagination, comme celle-là évolue pour répondre aux conquêtes nouvelles de la raison.

C'est ainsi qu'après une période vivace de Naturalisme, nous voyons l'Idéalisme faire un retour dans le Symbolisme, qui passionne maintenant la jeunesse, jusqu'à ce qu'une autre jeunesse s'éprenne d'autre chose. Tout procède par ondulations, par oscillations dans les arts comme dans la Nature entière.

Le Naturalisme, maintenant trop exploité par des spéculateurs d'une négligeable valeur littéraire, qui [illegible] ont pris que ce qu'il offrait précisément aux appétits malsains, peut être tombé momentanément dans le discrédit.

Il n'est pas plus mort pour cela qu'il ne l'était au moment de sa plus grande gloire. Il sommeille seulement. La Nature et la Vie sont trop belles pour qu'il ne recommence pas toujours à les célébrer.

www.ingramcontent.com/pod-product-compliance
Lightning Source LLC
LaVergne TN
LVHW021718230826
846091LV00003BA/789

9782329029962